W0313186

ZITILCHÉN

Roman

Ouvrage traduit
avec le soutien du
Centre National du Livre

© Éditions de L'Herne, 2011
22, rue Mazarine
75006 Paris
lherne@lherne.com
www.lherne.com

Hernán Lara Zavala

ZITILCHÉN

Traduit de l'espagnol (Mexique)
par Claude Fell

L'Herne

À LA CHASSE À L'IGUANE

En ce temps-là nous partions très tôt le matin chasser dans le maquis. J'étais venu de la ville à Zitilchén en vacances ; je rendais visite à mes grands-parents et je m'y étais fait quelques amis. Depuis les hauteurs, depuis la colline qui s'élève au sud près du village, là où la végétation est déjà très touffue, Chidra le Maya descendait à pied pour venir chercher Crispín. En arrivant il lançait un unique et long coup de sifflet pour que sorte Crispín, tout petit, leste, nerveux. Ils passaient tous les deux me prendre et en chemin ils s'occupaient de ramasser les pierres qui plus tard leur serviraient pour la chasse. Des pierres soigneusement choisies, presque rondes, qui en tintinnabulant dans nos poches marquaient le rythme de notre marche.

En arrivant chez moi, le sifflement de Chidra serpentait à nouveau à travers le village et mon grand-père – invariablement – se rendait jusqu'au portail de notre petite ferme pour les inviter à entrer. Chidra arrivait de très loin, vraisemblablement sans avoir pris de petit-déjeuner. Il devait partir bien avant le lever du soleil. Ce n'était pas le cas de Crispín, qui n'habitait qu'à quelques maisons de distance et arrivait avec la panse bien remplie. Tous deux, cependant, acceptaient le chocolat à l'eau et les biscuits que ma grand-mère leur offrait. Tandis que nous mangions, mon grand-père, longue silhouette dégingandée, avec l'air sérieux qui le caractérisait, en profitait pour plaisanter avec nous ; avec Crispín en particulier, pour qui le vieil homme eut toujours de l'affection. Il l'appelait « Don Crispín » et à tout instant il lui proposait d'embrasser une des nombreuses professions que le caractère et la corpulence de mon ami lui inspiraient. C'est ainsi qu'il lui dit un jour : « Don Crispín, pourquoi tu ne t'enrôles pas dans l'armée ? Ta taille est un atout en ta faveur. » Et lui répondait par un éclat de rire où l'on voyait le pain coincé entre ses dents. Pendant ce temps, Chidra, en retrait, ne paraissait s'intéresser qu'aux biscuits et au chocolat qu'il engouffrait sans retenue. Mon grand-père ne s'adressait que rarement à lui. Je me souviens malgré tout d'un de ses commentaires. Il parlait du père García et disait qu'il déraillait dans ses sermons dominicaux, qu'il commentait avec Crispín : « Non, toi tu seras bon pour pas mal de métiers, mais pas pour celui de curé. Tu es trop proche de notre monde. Ça conviendrait à quelqu'un comme Chidra... » Je ne me rappelle pas ce que Chidra a répondu, mais il n'avait sûrement même pas tenu compte de la remarque.

Quand nous partions, toujours un peu en retard, mon grand-père nous accompagnait jusqu'à la porte pour prendre congé de nous : Chidra, avec ses pantalons courts, taillés dans ceux que son frère aîné ne portait plus, et Crispín, le plus petit, avec ses sempiternels pantalons longs, qui lui attiraient toutes sortes de plaisanteries.

On parlait de chasser l'iguane comme on aurait pu parler de n'importe quoi d'autre, car aussi bien on cherchait des branches fourchues qui pourraient servir à faire de nouveaux lance-pierres, qu'on volait des morceaux de gâteau de miel dans les ruches abandonnées au milieu des champs. Souvent, en chemin, tandis qu'on s'éloignait du village, on sautait par-dessus la grille d'une propriété pour dérober des oranges ou pour nager dans un réservoir. Je revenais alors avec mon caleçon à la main. Ma grand-mère m'interrogeait :

— Vous êtes encore allés nager dans la propriété de Tomás ? Le jour où il vous pincera vous allez voir ce qu'il va faire de vous. Ce jour-là je ne vous connaîtrai pas.

On chassait souvent, mais il faut reconnaître que l'iguane est un gibier difficile. Ils se fondaient dans les couleurs complices du paysage naturel. On en attrapait rarement un. Quand on y arrivait, on rentrait au village tout joyeux, pour les vendre à un fameux mangeur d'iguanes connu sous le nom de *Jana-Jú*. Il était plus facile de chasser des tourterelles, des lézards et parfois même un tatou que Chidra avait réussi à saisir par la queue. Tandis qu'on avançait en lançant nos pierres par-ci par-là, uniquement guidés par le mouvement des touffes d'herbe, Chidra, qui devant les adultes ne disait mot, n'arrêtait pas de raconter les aventures qui, soi-disant, lui étaient arrivées au cours de son trajet habituel de retour chez lui. Ces récits déclenchaient normalement les moqueries et la méfiance de Crispín. Il nous disait par exemple qu'un soir, en rentrant du village, il avait vu un troupeau d'éléphants :

— J'ai hurlé dans tout le maquis en demandant de l'aide, dit-il, mais personne n'est venu à mon secours.

— C'est le jour où pour la première fois de ta vie tu as bu du café. Tu as avalé plus de trois tasses à la suite. Tu es devenu à moitié fou, dit Crispín, énervé.

Mais rien ne faisait dévier Chidra de son idée. Il racontait également que certaines nuits, quand il rentrait du cinéma pour regagner sa maison dans le maquis, peu avant minuit, il entendait quelqu'un l'appeler avec insistance : « Psst… psst… ». Mais il ne se retournait pas, il ne se retournait pas parce qu'il était sûr que c'était la Xtabay[1] qui faisait ces bruits. Il nous expliqua que celui qui la voyait ne résistait pas à son appel car, à l'exception de ses pieds, elle était d'une beauté époustouflante. Elle se cachait

1. Esprit malin des légendes mayas, qui se cache dans les arbres pendant le jour et qui apparaît la nuit sous les traits d'une belle femme qui séduit les voyageurs pour les tuer. C'est aussi la déesse des chasseurs (N.d.T.).

derrière le tronc d'un fromager et les hommes qui répondaient à ses provocations se retrouvaient, au matin, prisonniers de bouquets d'épines.

Nous connaissions la légende, mais Chidra la racontait avec une telle conviction et un ton si persuasif, que tous les enfants du village, sauf Crispín, nous gardions le silence pour l'écouter. C'était tout Chidra : parfois il prétendait que si on s'enfonçait dans le maquis on pouvait tomber sur une fosse qui débouchait en plein centre de l'enfer. D'autres fois il nous parlait d'un Indien errant, connu sous le nom de Zinzinito, qui apparaissait dans les lieux les plus extraordinaires.

Un beau matin Chidra nous raconta que la veille, alors qu'il cherchait son père, il avait vu une femme nue qui se baignait dans un trou d'eau. Sur un ton mi-figue mi-raisin, Crispín l'interpella :

— Tu vas dire que c'était la Xtabay.

— Eh bien je n'en sais rien, répondit Chidra, parce qu'on dit que la Xtabay a des pattes de coq et la femme que j'ai aperçue avait les plus jolis pieds blancs que j'ai vus de ma vie. Elle avait de longs cheveux blonds.

— Il ment encore, dit Crispín.

— Par Dieu je te jure que non, se défendit Chidra en baisant son signe de croix.

— Tu dis que ça s'est passé quand ? demandai-je.

— Hier, à midi.

— La Xtabay ne sort pas à cette heure-là.

— On va démonter tout de suite son baratin, m'interrompit Crispín, allez, on y va, on va la voir.

— On y va si vous voulez, mais je vous préviens que c'est très loin.

— Ça y est, il se dégonfle déjà.

— Allons-y, trancha Chidra avec le plus grand sérieux, si vous voulez on y va.

Il est certain que Chidra connaissait bien les alentours du village, non seulement parce qu'il vivait en dehors, mais aussi à cause du métier de son père, à qui il portait de temps en temps de quoi manger et d'autres approvisionnements. C'est pourquoi, quand nous nous enfoncions dans le maquis, il nous servait à tous les coups de guide.

On sortit du village. Comme d'habitude, on traversa la région des fermes, celle des ruches, pour pénétrer plus franchement dans le maquis. On suivait les sentiers tout en s'ouvrant un passage parmi les arbustes et les broussailles. On avançait prudemment. Chidra, occupé à reconnaître le terrain, remuait la tête comme un animal sauvage et répétait sans arrêt : « Par ici, c'est par ici. »

Il y avait quelque chose de bizarre dans cette affaire. Dans cette région les jours sont habituellement clairs, très bleus et très chauds. Ce jour-là le ciel était couvert... On se trouvait dans la partie la plus abrupte et la plus verdoyante quand on découvrit des ruines. On en resta ébahis, Crispín et moi. Il s'agissait d'un petit village maya abandonné mais si bien conservé qu'on aurait dit qu'il avait gardé ses habitants. On resta là, sans dire un mot, à observer, envoûtés. — Par ici, on y est presque – dit Chidra. Crispín me regarda. Je devinai qu'il lui arrivait la même chose qu'à moi : on avait peur et, en même temps, on était fascinés.

Chidra reprit la tête, écartant de ses mains les broussailles qui nous barraient le chemin. Pour l'heure, personne ne se souvenait des iguanes, personne ne se préoccupait des lance-pierres. Nous n'avions qu'une idée : découvrir si ce que Chidra nous racontait était la vérité. Finalement, on se retrouva à longer une vaste lagune. Sa couleur d'un vert argenté et ses eaux calmes nous rassurèrent.

Il n'y avait personne alentour. On trouva une petite clairière et on se retrancha derrière la mangrove. La discussion s'engagea : que faire ? Non seulement il n'y avait personne, mais peut-être n'y avait-il jamais eu âme qui vive, sauf dans l'imagination de Chidra. Crispín voulait rentrer et il n'arrêtait pas de répéter que Chidra était un menteur. Un ignoble menteur. Une longue altercation les opposa. Ils étaient sur le point de se taper dessus quand il me sembla voir quelqu'un de l'autre côté de la lagune.

Aussitôt on garda le silence et, curieux, on observa : à quelques mètres de l'endroit où nous étions, là où Chidra l'avait dit, apparut un homme à la barbe poivre et sel, tirant sur le blond. Il portait des lunettes, fumait la pipe et était habillé comme un explorateur. Il tenait une poêle à la main. Il s'approcha du bord, mit un peu de terre dans la poêle et se pencha pour la rincer. Il se retirait déjà quand apparut une femme, habillée comme l'homme, portant d'autres ustensiles. D'où nous étions, nous les voyions parfaitement, sans toutefois parvenir à entendre ce qu'ils disaient.

— La voilà, c'est elle ! dit Chidra à voix basse.

Et en effet, comme il l'avait décrite, la femme était grande, blanche et blonde. On l'aperçut fugacement, car dès qu'ils eurent fini leur lavage, ils abandonnèrent la lagune. On était encore derrière la mangrove, à attendre, quand Crispín s'exclama :

— Bordel, qu'est-ce que ça me gratte, qu'est-ce que j'ai attrapé ? En même temps il se redressait et relevait sa chemise pour nous montrer son dos.

— Des tiques, répondit Chidra.

— Ah la vache ! dit Crispín tout en déboutonnant sa chemise.

Je les imitai sans vraiment réfléchir. On se déshabilla pour secouer nos vêtements qui, comme nos corps, étaient couverts de tiques. Chidra avait des bestioles jusque sous les aisselles, emmêlées dans ses poils naissants. On en avait partout : dans le dos, sur les jambes, dans le cou. On était tout nus, mais Chidra, à notre grande surprise, se remit à parler de la femme que nous venions de voir. À nouveau il nous raconta comment la veille, alors qu'il se baladait dans la mangrove, il avait vu une femme, grande, blanche, blonde, qui se baignait dans la lagune. Chidra en fit une description méticuleuse : il l'avait vue de la tête aux pieds, belle, nue, presque divine. On buvait les paroles de Chidra et je remarquai, d'abord avec pudeur, ensuite avec soulagement, que nous éprouvions tous les trois la même sensation.

Le corps dévoré de tiques, harassés de fatigue, on revint au village à la nuit tombée. On arriva à la ferme de mon grand-père. Je pris congé de Crispín et de Chidra. Les yeux me pesaient. Mes amis poursuivirent leur chemin vers le haut de la rue. Je pensai à la femme blonde. Je sentis les tiques sur mon corps. Des épines. Mon attention se reporta sur Chidra. Moi j'étais vanné, mais lui avait encore un long trajet à faire.

Une fois à la maison, j'allai voir ma grand-mère :

— Je suis couvert de tiques, lui dis-je. Aide-moi à les enlever.

Elle rit de bon cœur en me voyant aussi angoissé.

— Ce sont des tiques, dit-elle en plaisantant, pas des veuves noires. Allez, déshabille-toi et couche-toi sur le lit. Je vais chauffer un peu de cire pour t'enlever ces bestioles, ajouta-t-elle en se rendant dans la cuisine.

Allongé sur le ventre, les bras tendus, je sentais la cire chaude que ma grand-mère pressait contre ma peau. Je l'entendis demander :

— Où diable es-tu allé te fourrer pour attraper une telle quantité de tiques ?

— C'est qu'aujourd'hui on a fait connaissance de la Xtabay, avouai-je, euphorique.

MACHO VIEJO

À Carmen

Mais elles volent, agiles, ligne d'étoiles.
Et dans le ciel profond, elles s'insèrent.
Virgile

Macho Viejo suivit des yeux la cohorte des fourmis pour localiser leur nid. Elles avaient dévoré six ruches complètes et s'attaquaient à une autre. C'était des fourmis rouges, presque de la même taille que les abeilles, mais beaucoup plus nombreuses. Les colonies étaient sans défense et sur le sol gisaient de nombreux insectes morts au combat.

— Patas ! rugit-il. Prépare l'essence !

Jambe de Bois s'approcha péniblement de la jeep et, de l'arrière, il inclina un bidon pour verser un peu d'essence dans une petite boîte. Pendant ce temps, Macho Viejo découpait à la machette des branches et des arbustes qui le gênaient dans sa tentative de suivre les fourmis jusqu'à leur repaire.

— Tu les as dénichées ? demanda Jambe de Bois.

Macho Viejo ne répondit pas. Il continua à brandir sa machette avec rage et mépris. À un moment il s'arrêta, glissa la machette dans sa ceinture et souleva une pierre avec les deux mains ; il suait à grosses gouttes. Il vit l'immense fourmilière qui grouillait, avec ses ouvrières, ses petits et ses larves. Il jeta la pierre.

— Regarde, Patas ! vociféra-t-il en poussant un hurlement de satisfaction. La maladie de mes ruches. On va les bousiller comme elles l'ont fait avec mes abeilles !

Jambe de Bois s'approcha, en boitant, pour contempler la fourmilière avec étonnement et stupeur ; elle bouillonnait de vie : les fourmis allaient d'un côté à l'autre. Une longue file provenait des ruches tandis qu'une autre progressait en sens contraire.

— Passe-moi l'essence ! ordonna Macho Viejo.

Il prit la boîte et arrosa la fourmilière, ainsi que les files parallèles de fourmis qui allaient jusqu'aux ruches attaquées. Il enleva les montants, sortit les rares claies qui portaient encore du miel et des petits, il les secoua, puis les mit à l'écart. Il arrosa la caisse et y mit le feu. L'essence le propagea sur le chemin suivi par les fourmis, pour finalement exploser dans la fourmilière.

Macho Viejo s'approcha pour les voir griller.

— Apporte plus d'essence, ordonna-t-il, après avoir constaté que malgré l'incendie qui ravageait la fourmilière, dans ses profondeurs d'innombrables insectes s'accrochaient à la vie et résistaient au feu.

Jambe de Bois remplit à nouveau la boîte et la passa à Macho Viejo. Directement de la boîte, Macho projeta un jet d'essence et on aurait dit que de ses mains jaillissait un éclair fulminant. La flamme s'éleva devant lui et mit fin à tout vestige de vie dans la fourmilière.

— On les a zigouillées, dit-il pour lui-même et il resta à regarder la fourmilière se consumer, tout en essuyant la sueur de son front avec la manche de sa chemise.

Il était six heures. Dans le tiède déclin du soir le ciel prenait des teintes de plus en plus sombres. Ils décidèrent de rentrer au campement. Une fois arrivés, Patas tira de l'eau d'un des bidons tandis que Macho commençait les préparatifs pour le dîner. Ils prirent un bain à tour de rôle. Pendant que Macho Viejo préparait le café et réchauffait les galettes, Jambe de Bois s'aspergeait avec une calebasse derrière la hutte où ils dormaient, au bord d'un champ de maïs, au milieu du bourdonnement des moustiques. Quand il eut fini, Jambe de Bois prit la place de Macho près du feu tandis que celui-ci se lavait. Ils dînèrent ensemble, en silence, calmement. Quand ils eurent fini de manger, Macho Viejo demanda :

— Tu as sommeil ?

— Non...

— Allons voir Papa Chito.

Le logis de Papa Chito se trouvait à deux pas du campement, près de la lagune. Il se composait de deux petites masures de jonc avec un toit de feuilles de palme, en haut d'une côte, avec un champ adjacent et quelques animaux : des porcs, des dindons et des poules. Papa Chito était un vieux Maya, petit et mince, qui se consacrait à son champ, à l'élevage de ses animaux et à la chasse. Doña Paz, sa femme, une indienne beaucoup plus jeune que lui, était brune, replète et souriante. Ils avaient deux filles. La Güera, qui était l'aînée, et Mechita, qui n'avait pas encore vingt ans. La Güera avait deux enfants : une fillette qu'elle avait eue avec un bûcheron du coin et un petit garçon, fils du docteur Baqueiro, que Papa Chito admirait profondément parce qu'il avait sauvé sa femme d'une maladie rénale qui l'avait menée aux portes de la mort. Mechita était vierge et, à la différence de sa sœur, elle continuait à s'habiller à la mode indienne, avec huipil et sandales. Elle était brune et belle.

Papa Chito n'était pas chez lui. Mechita et la Güera cuisinaient tandis que doña Paz lavait du linge au bord de la lagune. En entendant le bruit de la jeep, les trois femmes se retournèrent involontairement. Les filles, qui avaient reconnu Macho et Patas, restèrent à leur place, tandis que doña Paz, avec un large sourire de satisfaction qui découvrait ses dents blanches et ses gencives rouges, s'approcha pour les recevoir. Elle portait un huipil qui affinait ses rondeurs et laissait transparaître le mouvement de ses fesses larges et de ses seins minuscules. Elle avait la peau très hâlée et elle marchait le ventre en avant.

— Papa Chito n'est pas là, leur dit-elle en maya, mais il ne va pas tarder. Asseyez-vous et mangez quelque chose avec nous.

— On a déjà dîné au campement, répondit Macho.

— Alors venez boire un chocolat.

Ils rejoignirent les femmes et ils s'assirent à une table en planches. Doña Paz fit signe à la Güera de servir deux chocolats à l'eau. En attendant, ils regardaient les enfants jouer. Le plus petit ne portait qu'un maillot, si bien qu'en le voyant Macho l'appela, « viens ici ». L'enfant s'approcha maladroitement.

— Comment va ce petit zizi, lui dit-il en le touchant du doigt pendant que Patas et les femmes riaient.

Ils burent tranquillement leur chocolat tandis que les femmes dévoraient leur dîner. Patas, qui était un homme encore jeune, plaisantait avec les filles, provoquant les éclats de rire sonores de doña Paz.

Ils finissaient de manger quand Papa Chito apparut, le fusil à l'épaule, la gibecière vide. Il salua et sans autre préambule il se dirigea vers une des chaumières et se coucha dans son hamac. Doña Paz le suivit, ils échangèrent quelques mots. Une fois de retour, elle expliqua :

— Papa Chito est fatigué et contrarié. Il n'a pas eu de chance avec son fusil.

Macho et Patas continuèrent à parler avec la Güera et Mechita. Papa Chito les écoutait, vautré dans son hamac, en silence ; jusqu'à ce qu'il s'exclame à voix haute :

— Macho. Je te répète que je veux que tu me donnes un petit-fils avec Mechita.

Mechita se tourna et son regard pénétrant glissa avant de s'arrêter sur Macho qui, costaud, chauve et vieux, écoutait Papa Chito.

— Tu fais chier, Papa Chito, éclata Macho, la Mechita est mignonne, pourquoi bordel de merde tu ne la maries pas et que tu n'arrêtes pas tes âneries une bonne fois pour toutes !

— Écoute, Macho… Au village les maîtres d'école conseillent aux parents d'envoyer leurs enfants étudier pour qu'ils réussissent. Si tu les écoutes, ils deviennent domestiques ou chauffeurs ou facteurs. Ils sont pendus à la radio, ils ont honte de leurs vêtements, de leurs coutumes, de leurs semblables ; ils perdent l'amour de leur terre et ne veulent plus vivre comme ils ont vécu. Je préfère que Mechita ait ses enfants avec quelqu'un de bien. Qu'elle n'ait pas de mari mais qu'elle continue à vivre ici. Je ne veux pas les perdre. Ni elle ni la Güera. On est une famille. Qu'elle reste à habiter ici avec ses enfants comme j'y ai vécu et comme mes parents y ont vécu. Qu'ils grandissent sur ces terres qui les auront vu naître. Elles donnent de bonnes récoltes. On est tout près de l'eau. Ils sont mieux ici que dans n'importe quel village ou propriété. Toi on te respecte au village. À Chencó, à Santa Rita, à Yturbide. Tu es un bon chasseur. Tu as travaillé la terre, tu t'y connais en résine de sapotier, en abeilles. Tu es à moitié indien. Ton engin est renommé chez les femmes. J'aimerais avoir un petit-fils de ta trempe.

Macho, qui parlait peu, répondit :

— Papa Chito, je suis un vieil homme à présent. Je ne sais pas si je pourrai te donner un petit-fils avec la Mechita. Cherche-toi un autre mâle…

Affalés dans leurs hamacs, prêts à s'endormir, les deux hommes écoutaient tomber la pluie légère.

— Si au moins une averse se déclenchait, observa Macho, ça nous amènerait une bonne récolte.

— Cette bruine dure déjà depuis deux jours et pas la moindre averse, commenta Patas.

— J'ai comme dans l'idée qu'une averse approche, conclut Macho en se retournant pour se préparer à dormir.

Un moment passa et Jambe de Bois dit :

— Macho ?

— Mmm...

— Tu dors déjà ?

— Comment bordel je pourrais dormir si t'arrêtes pas de parler. Fais chier, Patas !

— Aujourd'hui quand on a été voir Papa Chito, j'ai cru comprendre que le vieux te faisait cadeau de la Mechita ; tu vas te l'envoyer ?

— De quoi tu te mêles, bordel de merde ! Tu fais chier, Patas, endors-toi !

— C'est seulement parce que le vieux t'admire. S'il me le proposait à moi, il n'aurait pas à le dire deux fois. Bigre ! Écoute Macho, si je me tapais la Güera, je ne cracherais pas non plus sur la Mechita.

Macho resta silencieux pendant un moment, plongé en lui-même.

— Patas, tu sais une chose ?

— Quoi...

— Je ne me tape pas la Mechita parce que ma quéquette est morte.

— Plaisante pas, Macho, c'est pas possible.

— Sérieusement. Il y a quelques années je suis allé travailler dans la gomme et j'ai arrêté de m'en servir pendant un bon bout de temps. Quand j'ai voulu monter une femme, il n'y a pas eu de répondant. Elle était morte

— Allez, Macho. À Zitilchén, à ton âge, tout le monde continue à baiser. Il suffit qu'on te mette Mechita sous le nez et tu vas la voir reprendre vie. Dis-moi, tu n'aimerais pas un peu lui casser son petit cul ?

— Ça suffit, Patas, arrête de me faire penser à des conneries. Mais tu te sens soulagé quand ta verge ne répond plus. Ton sang ne se met plus à bouillir. C'est comme si on t'avait piqué ton fusil ou ta machette... mais du coup tu n'as plus à te battre. C'est comme ne plus avoir un patron sur le dos... Allez, endors-toi, fils de pute, tes âneries me flanquent le bourdon.

Les souhaits de pluie de Macho Viejo furent exaucés : pendant toute la nuit il tomba un véritable déluge qui se prolongea jusqu'aux premières heures de la matinée sous forme de bruine. Dès que le jour pointa, Macho se leva. Il faisait froid. Il alla vers le hangar qui lui servait de cuisine et fit une flambée pour réchauffer du chocolat. Pendant que l'eau bouillait, il s'amusa à découper de la viande de sanglier avec un couteau de chasse près du feu ; il la coupait en gros morceaux qu'il jetait dans une marmite en étain avec de l'eau et du sel. Quand il eut terminé, il se tourna vers la cahute où ils dormaient et il cria :

— Patas ! Lève-toi !

Quelques minutes plus tard Patas apparut en maillot de corps, les bras repliés, grelottant, les cheveux en broussailles, la barbe apparente et le visage rubicond encore boursouflé de sommeil. En claudiquant, il rejoignit Macho qui, chauve et robuste, préparait le repas à croupetons.

— Allez, réchauffe des galettes.

Patas, qui soufflait sur ses mains pour en chasser le froid, sortit les galettes d'un sac accroché au toit et il commença à les réchauffer pendant que Macho servait le chocolat. Ils déjeunèrent et dès qu'ils eurent fini, ils se préparèrent à continuer l'inspection des ruches. Pendant que Patas prenait de l'essence dans un bidon pour remplir le réservoir de la jeep et préparait les réserves d'eau, Macho ramassait un peu de bois de pin et le coupait en petits morceaux pour alimenter le fumigateur. Une fois prêts, ils montèrent dans la jeep et prirent la direction des ruches.

— Il est tombé une de ces sauces hier soir, dit Patas, regarde un peu l'état du chemin : tout est inondé.

— Conduis prudemment pour qu'on ne s'embourbe pas, recommanda Macho.

Patas connaissait bien la route, avec ses nids-de-poule et ses déviations à peine perceptibles, grâce aux traces que laissaient les pneus de la jeep et ceux des camions des bûcherons qui opéraient dans les secteurs alentour. Il louvoyait avec habileté entre les touffes de genêts qui parsemaient la boue rougeâtre et la pierre calcaire du chemin. Il conduisait en tournant le volant, faisant glisser le véhicule entre les flaques, évitant les trous profonds. Il allait lentement, mais en essayant de contourner un nid-de-poule il se déporta sur le bas-côté et la boue ramollie céda, le véhicule s'enfonça.

— Bordel de merde, Patas, je te l'avais dit ! protesta Macho. Fils de pute !

— Qu'est-ce que tu veux, Macho, tu as bien vu l'état de la route.

— Allez, on va se désembourber, dit-il en descendant de la jeep au moment précis où la pluie tombait de plus belle.

Le pneu était enfoncé dans la boue à hauteur de la jante. Macho ôta sa chemise blanche et se mit torse nu sous la pluie. La toison jaspée de sa poitrine semblait disparaître ; l'eau dégoulinait à flots le long de son ventre légèrement gonflé. Il s'accroupit pour dégager de ses mains une partie de la boue qui entourait le pneu. Il remarqua qu'il était trop profondément enfoncé, il se redressa et se dirigea avec sa machette vers l'avant de la jeep. Il traversa le chemin et s'enfonça dans les broussailles pour chercher une branche qui pourrait lui servir de levier. Il trouva un jeune arbre qui le dépassait à peine et le coupa à grands coups de machette. Pendant ce temps, Patas cherchait des pierres et des branches pour les placer sous la roue enlisée dans la boue. Macho revint à la jeep avec le tronc pelé et taillé en pointe à une de ses extrémités. Les moustiques et les taons lui avaient piqué tout le dos les quelques minutes où il était resté sans chemise.

— En avant, Patas, démarre, ordonna-t-il.

Patas monta dans la jeep tandis que Macho plaçait le tronc en position de levier. La pluie redoublait ; un éclair argenté clignota dans le ciel :

— Allons-y, Patas de merde, prenons notre courage à deux mains pour sortir de cette mouise ! cria-t-il au moment où les coups de tonnerre se faisaient entendre.

Patas mit la marche arrière et laissa la jeep reculer pour qu'une grande partie du véhicule repose sur le tronc appuyé sur son épaule. Il accéléra en s'aidant de la double traction tandis que Macho soulevait la roue arrière en lâchant des bordées de cris et d'imprécations.

Quand ils atteignirent les ruches, le ciel s'était dégagé. Les premiers rayons du soleil pointaient. On entendait le bourdonnement à distance des abeilles dans la vapeur encore humide et grise qui s'élevait au-dessus des cimes des gaïacs. Les ouvrières volaient en cercle et se préparaient à partir. Macho injecta de l'air dans son fumigateur et s'approcha des ruches disposées en rangées, protégées par des pierres posées sur chaque couvercle ; il vit deux lézards – prédateurs d'abeilles – qui grimpaient sur l'une d'elles. Il s'apprêtait à les exterminer mais à sa grande surprise il s'aperçut que les animaux s'étaient juchés sur le couvercle pour s'accoupler. Le mâle retenait la femelle par le cou tandis qu'ils copulaient. Étonné, ébahi devant ce spectacle qui se déroulait pour la première fois sous ses yeux, Macho Viejo les laissa vivre. Quand tout fut fini, les lézards descendirent paisiblement de la ruche et se perdirent dans la forêt.

Il ouvrit une des caisses et laissa échapper un jet de fumée. Il observa : les claies avaient du miel ; la répartition des bourdons et des ouvrières était équilibrée ; tout allait bien. Ah, les abeilles. Elles n'étaient pas soumises aux lois de l'amour ; une seule par ruche, l'élue, peut être reine et est fertile. En croissant, devenue reine nubile, elle vole vers le firmament et tous les bourdons se lancent à sa poursuite. Un seul, celui qui réussit à voler le plus haut, parvient à la posséder. C'est cette reine fécondée qui devient la mère de l'essaim.

Depuis le rucher le plus lointain, ils prirent le chemin de leur campement, en répétant sans cesse les mêmes opérations. Ils poursuivirent leurs travaux jusqu'au soir, en buvant simplement un peu d'eau de maïs salée, histoire de se reposer entre deux ruchers, jusqu'au dernier qu'ils avaient baptisé « Le terminus ». Près d'une des ruches, Macho trouva une « cacahuète » de gelée royale.

— Patas ! Regarde ! lui dit-il en lui montrant la gelée.

— Regarde, répéta Macho, de la gelée royale. C'est bon pour *te durcir le manche*, lui dit-il en souriant. Allez, prends-en, il lui en offrit avec le coin de métal qui lui servait pour sortir les claies et soulever les châssis.

— Prends-la, toi, Macho, tu en as plus besoin que moi.

— Bordel, Patas, commenta Macho, tout content, moi je ne m'en sers plus. Prends, lui dit-il, rien ne fera revivre mon petit oiseau.

Patas obéit. Il suça la gelée et revint vers la jeep en laissant Macho seul dans la clairière que formait le rucher cerné par la forêt. Le soir tombait. Macho observa les abeilles, il s'arrêta pour les voir voler, aller et venir.

Cette nuit-là, au campement, Macho Viejo fit un rêve : il travaillait dans le rucher « Le terminus » et en inspectant une des ruches il découvrait que la reine des abeilles ne pondait pas régulièrement. Il la cherchait parmi les ouvrières et, après l'avoir identifiée, il approchait le châssis de son visage pour souffler sur elle : le souffle humain la faisait à peine bouger. Il lui faudrait la tuer. « Une jeune reine », se disait Macho tout en se préparant à en finir avec la vieille, quand un groupe d'abeilles guerrières l'attaquait par surprise et le piquait au visage, aux mains, sur tout le corps.

Il se réveilla en sursaut, endolori, suant à grosses gouttes. Il se sentit entouré de végétation, d'animaux, d'astres. Il se trouvait au cœur du maquis. Patas ronflait sur un rythme paisible. Du haut du ciel la pluie tant désirée tombait en crépitant, sauvagement, tandis que lui, Macho Viejo, pensait à ses abeilles, désirait la Mechita et attendait que son heure vînt.

MORRIS

On l'appelait Morris parce qu'il était basané et court sur pattes, parce que c'était un Indien maya. Morris par opposition avec l'ingénieur anglais qui était arrivé à Zitilchén en tant que spécialiste en forage de puits. Morris, l'Anglais, était grand, corpulent et rubicond : il ne mangeait que des plats froids et détestait la chaleur. C'est pourquoi Zitilchén, où tout se mange frais et très épicé, où la chaleur est étouffante, ressemblait pour lui à un petit bout d'enfer.

Morris, en revanche, était petit, maigre, sec et brun. Il mangeait n'importe quoi : du dindon sauvage, de l'iguane, du tatou ou du sanglier. Il aimait le soleil et la campagne. Pour Morris, Zitilchén, son village, était presque le paradis.

Morris travaillait comme gardien de ruchers dans les alentours de Zitilchén pour un des grands propriétaires du village. En outre, il semait quelques arpents de maïs sur des terres en friche, dont il s'occupait tout bonnement quand il le pouvait. Il avait un peu plus de trente ans ; il vivait avec sa femme et ses enfants dans une petite maison de palme, légèrement délabrée, sur le bord de la route de Dzibalchén.

Constamment vêtu de cotonnade blanche et coiffé d'un chapeau de paille, il partait de chez lui aux premières heures de l'aube, en compagnie de Duque, son chien famélique de couleur blanche. Il transportait une carabine, une gibecière avec de quoi s'alimenter – farine de maïs, piments forts, chocolat et sel – et sa calebasse d'eau. Il partait en direction de Dzibalchén et, avant d'arriver au village, il déviait vers Yturbide pour pénétrer en plein maquis.

Morris avait son campement dans une clairière qu'il avait taillée à coup de machette dans la forêt. Il cuisinait sous un abri et dormait dans un hamac de jute dans une cahute de jonc improvisée, sur la porte de laquelle il avait collé des coupures de journaux, avec non pas des actrices de cinéma ou des mannequins, mais des filles de la classe moyenne qui apparaissaient dans les pages mondaines du *Quotidien du Yucatán*.

Quand il arrivait à son campement, presque toujours avant la tombée de la nuit, il ramassait un peu de bois, allait chercher de l'eau, allumait une flambée, préparait sa plaque de cuisson – un couvercle de bidon de miel – et il cuisait des galettes tout en réchauffant son chocolat dans une cuvette noire couverte de suie. Il se couchait tôt, dès qu'il faisait noir. Dans son sommeil il entendait une flopée de rongeurs qui allaient et venaient sous son hamac, et lui volaient le peu de maïs et la cire qu'il gardait dans les clayettes des chambres d'élevage des ruchers qu'il surveillait.

Avant que le jour ne se lève, la faim le réveillait. Il se rendait sous son auvent et, après avoir rallumé son feu, il ressortait sa plaque de cuisson. Il pétrissait d'abord une boule de pâte et ensuite, d'une main, sans la rouler, il la faisait tourner jusqu'à obtenir une grosse galette, épaisse et ronde qu'il mangeait tranquillement tout en sirotant son chocolat.

Duque devait se chercher son propre repas. Tandis que son maître déjeunait, le chien se contentait des morceaux de galette que Morris lui jetait de temps à autre. C'était un chien noble et vaillant. Il avait une blessure au-dessus d'un œil à cause d'une bagarre avec un ocelot. Il avait reçu un coup de griffe. Mais l'animal ne s'était pas effrayé malgré son infériorité évidente face au félin qu'il avait acculé en tournant autour et en grognant, dans l'attente du tir précis de son maître. Quand il avait tué un gibier, Morris le pendait aux traverses de l'abri et le chien, malgré sa silhouette décharnée – on pouvait voir tous ses os – restait en alerte et surveillait la proie de son maître sans y toucher.

Une fois son repas terminé, Morris prenait sa carabine, préparait son fumigateur, glissait la machette à sa ceinture et faisait le tour des ruchers. Il atteignait le premier, qu'il avait baptisé le « Branchu » à cause d'un bel arbre qui se détachait dans le paysage, quand le soleil pointait à l'horizon. Du « Branchu », il rejoignait le « Haut Perché », le « Gaïac » et les « Hangars Brûlés », avant d'arriver à l'« Avion », qui était le dernier rucher. Morris lui avait donné ce nom parce qu'un jour, près de cet endroit, il avait vu tomber en plein vol l'avion d'une exploitation de latex.

Tout en allant d'un rucher à l'autre, Morris, amoureux du silence, dressait l'oreille à chaque petit bruit : le plus léger craquement des branches et des feuilles sèches répandues dans les champs ; la fuite rapide d'un animal tapi ; la reptation des serpents qui sillonnaient les sentiers en zigzag ; le croassement inhabituel des oiseaux. Il marchait en amortissant le bruit de ses pas. C'était un chasseur né : patient, méfiant, visant juste. Souvent il rentrait à Zitilchén, après cinq ou six jours d'absence, avec de la viande de chevreuil ou de sanglier en abondance pour sa famille.

Un jour, dans la zone où il travaillait, il y eut une invasion de ratels, des animaux de la taille d'un blaireau, friands de miel, de couleur noire et à tête blanche. Devant les dégâts causés aux ruches, les apiculteurs se mirent d'accord et offrirent cinq pesos par tête d'animal. Morris s'asseyait patiemment devant un des ruchers dans l'attente de ces petits ours qui, avec une prudence inouïe, s'approchaient en flairant la ruche qui contenait le plus de miel. D'un coup de patte ils renversaient le couvercle et s'enfuyaient. Ils revenaient peu après et subtilisaient un morceau de rayon en se roulant sur le sol pour éviter les piqûres des abeilles.

C'est alors que le coup de feu retentissait. Morris qui jusque-là était resté à observer sans bouger avait pressé la gâchette. Lui qui gagnait trois cents pesos par mois, parvenait à doubler son salaire en tuant ces bestioles.

Un beau jour, des chasseurs qui passaient par son campement, le voyant tout seul au milieu du maquis, lui demandèrent :

— Tout seul dans cette obscurité et ce silence, tu n'as pas peur de la Xtabay ?

— Avec mon fusil je vois mal la Xtabay venir me faire des misères, avait répondu Morris.

Le silence, l'obscurité ou l'isolement n'était pas un inconvénient pour lui. Et quand au village ses amis lui demandaient si dans le maquis il ne se languissait pas de sa famille ou des gens, s'il n'avait pas besoin de compagnie, il se contentait de répondre :

— On est mieux là-bas qu'ici.

À son retour, après avoir pris un bain chez lui, il allait toucher son argent au bureau du patron. Le préposé lui disait :

— Morris, il y a quelques jours ta femme est venue et elle a pris cent pesos sur ton compte.

— Du coup combien je dois.

— Plus de deux mille pesos.

— Donne-m'en cinquante de plus, je vais aller boire un coup au « Ramal ».

Il se rendait au bistrot et buvait son tafia en silence. Il restait là pendant de longues heures, sans s'adresser à personne, dépensant verre après verre les cinquante pesos qu'on lui avait avancés au bureau du patron. Un jour Morris buvait un rhum au comptoir, quand il vit entrer Morris avec un groupe de personnes.

Morris était un homme irascible, habitué à ce qu'on le craigne en raison de sa taille, de son visage écarlate quand il se mettait en colère, de son habitude d'élever la voix à la moindre contrariété et de ses yeux bleus, globuleux, pleins de larmes, qui semblaient foudroyer celui qu'ils dévisageaient. Habitué à fréquenter des ouvriers agricoles dociles d'Asie et d'Afrique et compte tenu de sa difficulté à utiliser l'espagnol, il distribuait force baffes à ses travailleurs en criant :

— *You bastard !* Au travail !

Depuis un bon moment Morris vidait verre sur verre et, sous l'emprise de la boisson, il s'aperçut que les gens attablés avec lui commençaient à plaisanter à ses dépens :

— Dites, monsieur Morris, vous voyez cet Indien en train de boire près du comptoir ? Il dit partout qu'il s'appelle comme vous.

— Ah, oui ? Je ne le crois pas.

D'un coup d'œil Morris vit le sourire amer, les dents toutes blanches et les gencives roses de Morris.

— Sérieusement, monsieur Morris, constatez par vous-même : écoute, petit, raconte à l'ingénieur comment on appelle l'Indien qui est planté là-bas.

— Morris.

Les éclats de rire serrèrent le ventre de Morris, le poussèrent à faire la sourde oreille et à boire un coup. Morris s'emporta.

— Peut-être que votre père a papillonné dans le coin, ingénieur ?

Les hommes se tordaient de rire.

— Non, non, sérieusement cette fois, votre père n'est jamais venu par ici, dans la péninsule ?

— Je ne crois pas, dit l'Anglais en quittant sa table.

Quand Morris s'en aperçut, les rires avaient cessé. Ils le regardaient. Morris se tenait face à lui.

— Allez, c'est l'heure de rentrer chez toi. Il sentit qu'on le poussait.

— Ne me poussez pas, patron, dit Morris, calmement. Les joues de Morris s'empourprèrent ; ses yeux pâles jetèrent un regard glacé.

— Allez ! Rentre chez toi ! Tu es saoul !

Dans le calme débonnaire qui l'envahissait, les distances rapetissaient et s'allongeaient en une ondulation continue. Il vit une étincelle de salive sortir de la bouche de Morris quand il prononça les mots : « Tu es saoul » et venir se déposer sur son visage. Les traits fins de Morris lui semblaient être une marque de faiblesse plus que de férocité. Une colère teintée de farce. Les yeux bleus étaient comme deux abîmes insondables. Comme les « cenotes »[2] ou les puits qui, derrière la clarté de leur azur, abritent l'obscurité de la terre. Il sentit qu'on le poussait à nouveau. Deux pas en arrière. Il vit les deux yeux globuleux. Bleu pervenche.

— Ne me bousculez pas ; j'aime pas me disputer avec les patrons. Il n'était pas mal à l'aise. Mais il n'aimait pas boire et discuter : ni de travail ni de rien. Il regardait ces puits pleins d'eau dont le fond bouillonnait de haine. Il n'avait pas de raison de partir. Il avait de quoi payer. Il voulait rester seul, seul comme dans le fond de ces deux yeux. Le coup porté à sa tête par la main ouverte fit voler son chapeau.

— Allez.

— Je ne veux pas partir. Il pensa frapper les eaux bleuâtres striées de sillons rouges. Des racines. Ramasser son chapeau, partir. Il vit la chemise blanche ; il lança un coup de poing. Rien que pour la forme. Morris, furieux, se rapprocha tandis que lui reculait. Le bleu était sur le point de déborder. Il se mit en garde. Quelqu'un voulut les arrêter, mais Morris lui-même écarta tout le monde. En reculant, Morris sortit dans la rue, suivit par

2. Grand puits naturel dans le Yucatán (N.d.T.).

Morris qui lui balançait des coups de poing sans parvenir à le toucher.

Ils descendirent du trottoir, traversèrent la rue – l'un attaquant, l'autre se repliant – et ils atterrirent dans un terrain vague. Morris donna un coup qui atteint Morris et le coucha à moitié. Dans sa chute Morris sentit qu'il pouvait attraper une pierre. Il se releva, serrant la pierre, et assena un coup précis en signe d'avertissement ; il vit une immense fleur de sang et ensuite un jaillissement ; les gens s'agglutinèrent autour de Morris tandis que Morris, profitant de la confusion, parvenait à s'éclipser.

En toute hâte Morris gagna le maquis avec Duque. Dès ce moment-là il ne s'attarda plus dans aucun village. Il vivait dans d'anciens campements abandonnés d'ouvriers du latex ou de bûcherons. Il parcourait le maquis, vivait de la chasse et donnait, de temps à autre, un coup de main aux familles mayas qui vivaient sur de petites exploitations agricoles ou apicoles et qui ignoraient complètement qu'autrefois on le surnommait Morris.

Les Mayas l'avaient rebaptisé *Tzintzinito*, en raison de son silence absolu, de sa volonté de ne pas rester plus d'un ou deux jours au même endroit, de son intention définitive de vivre en marge du monde avec son chien pour unique compagnon. Désormais les gens le connaissaient et quand ils le voyaient passer ils le saluaient en maya, intrigués : « Voilà *Tzintzinito*, le fuyard muet : qui sait de qui ou de quoi il se cache. »

Pèlerin errant, arpentant les chemins de terre rouge et de pierre blanche, Morris se vivait en maître du maquis. Il connaissait chaque sentier, chaque clairière, l'endroit où se trouvaient les lagunes ou les « cenotes ». Maintenant il savait simplement que ses sentiments étaient imperturbables. En dehors de la chasse et du sommeil son occupation principale consistait à observer : l'odeur de la fleur « dizidzilché », le bourdonnement du taon, la saveur de l'ananas et de la prune, les tons dorés du tronc du gommier rouge. Il reconnaissait qu'il n'avait jamais été attiré par la compagnie du genre humain et qu'il avait appris à vivre mieux loin des hommes. Sapristi, la vie valait surtout la peine d'être vécue quand on ne dépendait pas des besoins des autres. Les choses qu'il savait faire, tresser des paniers, chasser, semer son champ, ne lui servaient à rien au village. En revanche, il aimait la présence des animaux qui rampent et disparaissent dans les broussailles, les mouvements gracieux du chevreuil, le vol immuable des oiseaux et le croassement nocturne de l'urubu. Il observait les papillons blancs et jaunes autour des flaques d'eau. Il aimait respirer l'air qui annonçait la pluie et ensuite écouter sa chute régulière et tenace.

Un matin, il aidait Juan Pech à récolter le miel. Chaque fois qu'il passait par sa petite exploitation il déjeunait avec lui et ensuite il l'aidait dans une de ses tâches. À présent, tandis que le gros Pech découpait des tranches dans les rayons avec un couteau, Morris extrayait le miel avec un moulin à manivelle. Ils travaillaient en bordure d'un sentier presque invisible, si ce n'est en raison des traces des pneus de camions de bois que les touffes de « viguiera »[3] avaient presque recouvertes. Ils avaient près d'eux un fumigateur pour faire fuir les abeilles qui, attirées par l'entêtante odeur de miel, bourdonnaient autour d'eux.

Ils entendirent le bruit d'un véhicule qui s'approchait. C'était un pick-up qui empruntait le sentier et qui, en les apercevant, s'arrêta. Il y avait trois hommes. Blancs. De Zitilchén. L'un d'eux aux yeux clairs.

3. Plante du Yucatán à fleurs jaunes, particulièrement prisée des abeilles (N.d.T.).

— Bonjour, dit celui tenait le volant en s'adressant à Morris. On chasse. Pouvez-vous nous donner un peu d'eau pour le radiateur ? La camionnette chauffe pas mal.

— Venez avec moi, intervint Pech, il y a un puits près de la maison.

Le chauffeur descendit de la camionnette et suivit Pech avec un seau. Pendant ce temps, les deux autres descendirent ouvrir le capot d'où montait un petit jet de vapeur. L'un d'eux s'approcha du moulin où Morris extrayait le miel et demanda :

— Comment a été la récolte ?

— Bonne, répondit Morris, tête baissée. Coulée d'azur. Bien que l'homme fût plus jeune que Morris, Morris perçut, derrière la bonté feinte des yeux bleus, la nuit qui se cache derrière le jour.

— C'est bien, c'est bien, dit l'intrus et d'un air distrait il alla rejoindre ses compagnons.

Pech et le chauffeur revinrent avec l'eau et ils la versèrent sur le radiateur. Les trois hommes remercièrent et s'éloignèrent en pénétrant dans le maquis. Morris les suivit du regard, les yeux clairs fichés dans la poitrine. Quand ils eurent terminé l'extraction, Pech proposa à Morris de passer la nuit chez lui. Mais Morris, comme d'habitude, repoussa l'invitation.

Il traversa un coin de la savane et ressentit une lassitude et un soulagement en contemplant la vaste plaine verte qui se prolongeait jusqu'à l'horizon et dont la monotonie n'était brisée que par les arbres qui se détachaient dans le lointain et par l'immense ciel bleu qui se déployait à l'infini. Il pénétra dans les profondeurs de la forêt. Il se faufila entre les lianes et les buissons, reconnaissant chaque fromager, chaque cèdre et chaque ébénier, chaque accident du seul monde qui lui était familier. Il marcha environ deux heures et s'arrêta dans une petite clairière, à l'ombre d'un fromager, pour se préparer une soupe. Il laissa sa gibecière et, sortant sa calebasse, il alla recueillir de l'eau de pluie dans une ornière. Il revint dans la clairière. Il sentit Duque inquiet. Il prit sa carabine. Il attendit accroupi, farouche et circonspect, sur ses gardes.

— Tais-toi, Duque, tais-toi ! lui murmura-t-il, l'oreille aux aguets. Le soleil de quatre heures de l'après-midi l'éclairait de face et donnait à ses yeux un air de profonde tristesse, il se mordait la lèvre tout en parcourant du regard les broussailles du maquis qui l'entourait. Il écouta avec l'oreille attentive du chien. Les corneilles croassaient. L'air vibrait de chaleur et Duque grognait. En une fraction infinitésimale, il vit les trois hommes de Zitilchén apparaître dans la clairière, armés. Duque aboya. La détonation vengeresse d'un, deux, trois coups de feu résonna sous la vaste voûte de l'après-midi.

LE BAISER

— J'espère de tout cœur que vous pourrez venir, dit Elsi Rabelo qui s'était rendue expressément chez doña Sofía de Carpizu, l'épouse du premier magistrat de Zitilchén, pour lui demander de chanter en personne l'ave maria dans l'église le jour de son mariage. Accordez-le moi comme une faveur particulière, ajouta-t-elle.

Les deux femmes bavardaient agréablement dans les fauteuils à bascule de la vaste « réception » du domicile des Carpizu. Un léger courant d'air tiède se glissait par le portail entrouvert, incitant Elsi à agiter son éventail en carton, ce qui avait pour effet de répandre, par vagues successives, les douces senteurs de son parfum jusqu'à Sofía. Elsi avait vingt-quatre ans. Elle admirait Sofía pour sa voix, pour sa prestance et pour la vie sobre et digne qu'elle menait depuis qu'elle avait épousé le premier magistrat et qu'ils s'étaient installés à Zitilchén. Sofía s'était mariée très jeune. La différence d'âge qui séparait ces deux femmes se remarquait plus dans leur toilette et dans leur comportement que dans leurs physionomies. Sofía avait le cheveu noir et luisant, les yeux légèrement bridés ; elle était grande, avec des hanches et un buste généreux.

— Ne t'inquiète pas et compte sur moi. Dis-moi, es-tu contente ?

— Ravie.

— Je m'en réjouis. Tu m'as tant parlé et en si bons termes de celui qui va être ton mari que je voudrais te poser une question qui, je l'espère, ne te mettra pas mal à l'aise : tu as oublié une fois pour toutes l'ingénieur qui travaille à Becanchén et qui rôde beaucoup dans le village ? Je me rappelle encore combien il te plaisait.

— Lui ? À vrai dire, il ne s'est jamais intéressé à moi. Ni à aucune autre. Il est certain qu'on le voit beaucoup par ici, mais il ne s'est jamais décidé pour qui que ce soit. Il assiste aux fêtes, vous l'aurez remarqué, et une fois il est même resté toute la nuit à danser avec moi mais rien ne s'est passé en fin de compte. Il est aimable et prévenant, mais il reste indifférent. Comme si on n'arrivait pas à faire briller ses petits yeux. Dans le parc, il s'entretient parfois avec l'une d'entre nous, mais il se comporte avec l'une comme avec l'autre.

— Je le vois de temps en temps à la messe et je me demande ce que peut bien faire ici un garçon comme lui. Les jeunes gens du coin ne fréquentent jamais l'église.

— À coup sûr, il n'y va que pour se montrer. À peine est-il entré dans l'église que toutes les jeunes filles se retournent comme si elles avaient deviné à quelle heure il est arrivé. Les unes toussent, d'autres laissent tomber leur mantille, d'autres vont communier pour pouvoir le contempler librement en revenant à leur place. Il y en a même une qui amène ses petits frères sans vraiment se cacher pour se faire voir et se déplacer d'un côté à l'autre, et lui il est là à parader comme un vrai paon... Bon, je m'en vais... il se fait tard.

— Attends, ma fille, pourquoi te presser...

— Non, non, je ne peux pas, j'ai encore beaucoup à faire. Donc je compte sur vous ?

— Je t'ai déjà dit que oui !

— Je vais être très fière que ce soit vous qui chantiez à mon mariage.

— Ne t'inquiète pas. J'y serai.

Les pales du ventilateur tournaient avec une lenteur douloureuse. Román, le secrétaire de Hilario Carpizu, surveillait depuis sa table de travail l'accès au bureau tout en tapant avec nonchalance sur une Corona délabrée. Il y avait plusieurs personnes dans la salle : une femme berçait un enfant dans ses bras, un vieillard sommeillait dans un coin ; cependant, la majorité attendait patiemment et en silence son tour pour parler avec le premier magistrat.

La porte s'ouvrit et un homme ordinaire sortit du bureau en affichant un sourire forcé, chapeau à la main, la tête penchée avec humilité.

— Au suivant ! ordonna Carpizu.

— Entrez, dit Román au petit homme taciturne qui était assis en face de son bureau.

— Et alors... lui dit Carpizu en le voyant entrer.

— J'ai besoin d'argent, patron.

— Tout le monde en a besoin, ce n'est pas nouveau. Mais en ce qui te concerne, ta femme est venue me demander un prêt il y a à peine quinze jours. Eh bien, qu'est-ce que tu fais de ton salaire ?

— Il est dépensé.

— Il est dépensé, il est dépensé... C'est inévitable puisque tu n'arrêtes pas d'avoir des enfants. Un par an. Je crois que maintenant ça suffit, non ? De combien as-tu besoin aujourd'hui ?

— Seulement de cinquante pesos, patron.

— Seulement... Román, apporte-moi le compte de Morris.

Román chercha la fiche dans un des tiroirs du bureau et la remit à Carpizu, qui l'étudia longuement.

— Tu me dois plus de deux mille pesos. Je me demande comment tu vas me les payer, puisque tu es raide comme un passe-lacets ?

— En travaillant, patron.

— Ah ah ! En travaillant ! À ce rythme la vie ne te suffira pas pour me rembourser. Román, donne vingt pesos à Morris, qu'il signe et fais entrer le suivant, je n'ai plus de temps à perdre.

Arriva le tour de la femme portant un enfant dans les bras. Elle entra dans la pièce et s'approcha craintivement du bureau de Carpizu.

— Bonjour don Hilario...

— B'jour... qu'est-ce qui t'amène aujourd'hui ?

— Je voulais vous demander un service.

— Voyons, dis-moi...

— Je voulais voir si vous pouviez me rendre ma machine à coudre pendant quelques jours pour faire un travail. Si vous me la prêtez, je pourrai vous payer ce que je vous dois.

— Je regrette, mais ce n'est pas possible.

— Seulement pour quelques jours, don Hilario. J'ai un travail sûr et il ne me manque que la machine pour me mettre à coudre.

— Impossible, je t'ai dit. Imagine que tout le monde vienne me taper comme toi. Prêtez-moi le cochon que je vous ai vendu hier, laissez-moi utiliser la voiture qui m'appartenait pour aller samedi à Campeche. Rendez-moi un peu de l'argent que je vous ai versé hier. Non, c'est impossible... En plus, cette machine, je ne l'ai plus.

— Il s'agit d'une exception, don Hilario.

— Tu sais bien qu'ici on n'admet pas d'exceptions. Román ! Fais entrer le suivant, s'il te plaît.

— Ne soyez pas comme ça, don Hilario. Juste pour quelques jours. Pour que je puisse récupérer ma machine à coudre. Vous savez que je gagne ma vie grâce à elle.

Devant le refus catégorique du premier magistrat, la femme éclata en sanglots.

— Combien de fois leur ai-je dit qu'avant de faire un emprunt ils y pensent à deux fois, pour éviter ces scènes de mauvais goût. Ici c'est un lieu public et en tant que tel il mérite qu'on se tienne bien.

Román mit dehors la femme qui, entre cris et gémissements, n'arrêtait pas de pleurnicher.

— Ceci vient d'arriver, dit-il à son retour en remettant une petite enveloppe au premier magistrat.

— Attends, il arrêta Román. Le gouverneur et son épouse viennent à Zitilchén vendredi midi. Ordonne au plus vite qu'on prépare un repas et charge-toi de tout : bière, rhum, rafraîchissements ; organise un comité de réception. Prépare le Rotary Club et arrange les tables pour organiser une petite fête. Le gouverneur est particulièrement chatouilleux quand son épouse l'accompagne et si on s'y prend mal on risque même de perdre notre place. Rappelle-toi ce qui est arrivé à Anselmo Negrón à Hopelchén le jour où il n'est pas arrivé à temps pour le recevoir parce qu'il faisait la sieste. Occupe-toi de tout ça immédiatement et dis à ceux qui attendent de revenir plus tard.

Le premier magistrat quitta son bureau et il traversa la cour du Palais municipal. Il se dirigea vers l'arrière de l'édifice, en direction de la prison.

— Ouvre-moi cette porte, ordonna Carpizu au gardien en montrant un des deux cachots.

Le geôlier ouvrit le cadenas et ôta la barre de la porte : la cellule se réduisait à une pièce dépourvue de tout mobilier, au plafond très bas, sans fenêtre et protégé par une porte métallique. L'endroit était réputé pour la chaleur infernale qui y régnait, une fournaise plus forte que si les prisonniers avaient été directement exposés aux rayons du soleil ; une puanteur de vomi, d'urine et de crasse émanait de l'intérieur. Trois hommes se trouvaient là. L'un d'eux gisait par terre, comme mort.

— Sors celui-là et donne-lui un bain d'eau froide, ordonna Carpizu. Laisse-le partir quand il aura cuvé.

— Toi, dit-il en montrant un des prisonniers, viens avec moi. Il s'agissait d'un des frères Zamora qui avait été mis en prison pour une échauffourée où il avait brisé la mâchoire de son adversaire. L'accusé sortit en bougeant difficilement. Quand la lumière du soleil le frappa, il se couvrit les yeux avec le bras. Sa chemise était trempée de sueur...

— Viens, on va marcher un moment pour te dégourdir les jambes.

Carpizu déambulait précautionneusement autour de la cour de la mairie en compagnie du jeune délinquant.

— La prochaine fois que vous déclenchez une bagarre, toi ou un de tes frères, je ne vais pas vous envoyer en prison. Je vais demander directement qu'on vous brise les poignets pour que vous ne puissiez plus donner un seul gnon de toute votre vie... Ce n'est que comme ça que vous comprendrez la leçon... Maintenant le village a peur de vous... Mais si vous aimez tant la castagne pourquoi vous ne venez pas un jour parler avec moi, si ça se trouve je vous donnerai même du boulot. Ce que je vais vous proposer vous rapportera plus que de chercher la bagarre dans les bistrots et les billards. Ici les marrons, on les distribue dans le cadre de la loi. Maintenant rentre chez toi et venez me voir au bureau la semaine prochaine.

— Et toi, dit-il à celui qui restait dans la cellule, il vaut mieux que tu cesses tes mauvaises habitudes et que tu prennes un travail, parce que j'ai décrété que celui qui trouverait un étranger sur sa propriété aurait le droit de tirer, avec le soutien de la justice. Comme ça tu sais ce que tu risques. Maintenant, fiche le camp d'ici.

— Celui-là, dit Carpizu en montrant des yeux le cachot qui était resté fermé, emmène-le à la ferme tant que le gouverneur sera par-là.

Midi sonna. Carpizu revint à son bureau. Il prit le téléphone, qui fonctionnait encore avec une manivelle, et ordonna à l'opératrice :

— Passe-moi le cinquante-cinq.

— Vous voulez parler à doña Sofía.

— Je veux téléphoner chez moi, insista-t-il. C'est le maire qui parle.

Sofía était absorbée par sa couture, le corps penché, le visage tout près de l'aiguille. Elle pédalait pendant quelques secondes et s'arrêtait pour observer. Elle avait placé la machine près des arcades, à la recherche de la lumière du soleil.

— Bonjour, dit Carpizu. À ce que je vois, la machine t'a été utile.

— Une vraie merveille. Comment tu l'as eue ?

— Une affaire.

— On peut savoir avec qui ?

— Tu sais que je n'aime pas te mêler à mon travail... En plus je meurs de faim.

Carpizu s'assit en tête de table où deux couverts avaient été mis. Sofía appela Ema, la cuisinière, et lui demanda de les servir.

— Qu'est-ce qui t'arrive ?

— Rien. Simplement le gouverneur passera par ici vendredi avec toute sa suite. Il faudra s'occuper de lui. Il amène son épouse. Je veux que tu prennes personnellement soin d'elle.

— Quand ?

— Vendredi.

— Impossible. Il y a plus d'un mois qu'Elsi Rabelo m'a demandé de chanter le jour de ses noces. Je ne peux pas la laisser tomber.

— Au diable Elsi ! hurla le premier magistrat en frappant de la main sur la table. Je ne vais pas froisser le gouverneur pour une Indienne maya !

— Eh bien, au diable le gouverneur ! Je ne vais pas me plier aux ordres d'un quelconque potentat, aussi puissant soit-il. Elsi se fait une joie de se marier, alors que le gouverneur n'arriverait pas à te distinguer du maire de Bolonchén, de Hopelchén ou de Dzibalchén ; et moi il me reconnaîtrait encore moins.

— C'est ce que tu crois. Sofía, s'il te plaît, je te demande seulement de m'aider en remplissant ton rôle d'épouse du maire. Ce que j'obtiendrai te profitera directement. Est-ce que c'est beaucoup te demander ?

— Et toi ? Est-ce que tu comprends que je me suis engagée ? Elsi a choisi le jour de son mariage en fonction de moi, pour que je puisse y assister. Veux-tu que je la laisse en plan uniquement parce que le gouverneur va passer par ce village immonde ? Tu t'y colleras, mais pas moi.

— Eh bien, ne le fais pas, affaire classée ! dit le premier magistrat en frappant à nouveau sur la table. Il se leva et, dans un accès de colère, il sortit en claquant la porte.

Le maire quitta son domicile avec l'intention de trouver un endroit où manger. Il se dirigea vers le centre du village. Sur le côté de la tour de l'horloge, face à la mairie, il aperçut la petite auberge « La Marmite », très fréquentée par les touristes qui passaient par le village pour aller vers Edzná et les ruines mayas des environs. L'endroit avait la réputation de servir de bons repas. Du chevreuil. Carpizu n'y était jamais allé car il ne sympathisait guère avec le propriétaire. Il s'agissait d'un petit jeune prénommé Carlos, de la famille des Amaro, qui lui avait causé quelques problèmes en raison de son caractère tourmenté et rebelle. Peut-être devrait-il un jour envoyer les Zamora lui rendre une petite visite pour le calmer. Le dénommé Carlos se retranchait derrière le nom de sa famille. Une petite correction ne lui ferait pas de mal. Mais, bien entendu, pas question de se mettre les Amaro à dos.

Il atteignit l'auberge et s'assit à une des tables à l'ombre. L'endroit était petit, frais, ouvert et très propre. L'ensemble était maçonné et occupait un emplacement stratégique sur la route. Carlos, le propriétaire, s'approcha de sa table.

— Qu'est-ce qu'on vous sert, monsieur le maire. C'est un vrai miracle de vous voir par ici.

— Eh bien tu vois. On m'a tellement parlé de « La Marmite » que je viens voir si la cuisine est aussi bonne qu'on le dit.

— Aujourd'hui on a des rouleaux de requin, du pot-au-feu, des galettes en sauce et à l'œuf dur et du boudin.

— Tu as du chevreuil ?

— Je ne sais pas s'il nous en reste.

— Où tu l'as eu ?

— Eh bien, dans le coin, vous savez bien que ce n'est pas l'offre qui manque.

— Eh bien sois prudent, car tu sais qu'on est très stricts avec l'interdiction de chasser.

— Qu'est-ce que vous souhaitez manger ?

— Donne-moi une assiette de pot-au-feu et un filet de chevreuil. Comme boisson apporte-moi une bière.

Carlos se retira dans sa cuisine et le maire perçut le regard inquisiteur d'un groupe de jeunes, parents entre eux et membres des familles Amaro et Negrón. Ils étaient assis au comptoir, ils buvaient de la bière, mangeaient des tapas et écoutaient de la musique.

— Comment ça va, les jeunes, salua le maire. Buvez une bière à ma santé, c'est moi qui vous invite.

— Merci don Hilario, répondit l'un d'eux, mais par bonheur on n'a pas besoin de la mairie pour boire.

— Alors, allez vous faire foutre !

Il mangea en silence, l'air hostile. Quand il eut fini, il laissa l'argent sur la table. Il se préparait à partir quand Carlos l'aborda :

— Autre chose, don Hilario ?

— Non, merci. Tout était très bon sauf cette musiquette qui est une vraie rengaine et les mouches qui emmerdent le monde. Mais on se reverra, Carlitos.

— Quand il vous plaira, don Hilario.

Le maire tombait de sommeil. Il rêvait de se retrouver dans son hamac pour faire la sieste à poings fermés jusque tard dans la soirée. Mais il y avait Sofía. Il ne souhaitait pas la voir. Aussi, de « La Marmite » il traversa la grand-place en direction du salon de coiffure de don Ariel Zurrisa, où il savait que se réunissaient quelques amis pour boire, converser et écouter des chansons d'amour.

Le salon de coiffure se trouvait au fond de la place, dans une cahute de paille, avec un sol en terre battue et un fauteuil de coiffeur démantibulé au centre, entouré de quelques chaises. Sur les murs il y avait une affiche publicitaire annonçant « Les pommes de Dorothée », avec María Elena Marqués, une photographie en couleur délavée représentant une femme nue, un portrait de Carrillo Puerto[4], un autre de Guty Cárdenas[5] et une horloge délabrée. Don Ariel, le

4. Felipe Carrillo Puerto (1872-1924), célèbre révolutionnaire, gouverneur du Yucatán en 1922, fusillé sur ordre de certains propriétaires terriens (N.d.T.).

5. Compositeur mexicain (N.d.T.).

coiffeur, aux cheveux blancs et au sourire démesuré montrant des dents jaunâtres, était assis dans le fauteuil au centre, un verre à la main, attentif.

En face de lui, un pied sur la marche du fauteuil, don Ricardo Zentella, reporter du *Quotidien du Sud-Est* pour la région de Los Chenes, au sud de Campeche, lisait avec une émotion intense, l'index levé, son dernier article journalistique. Les autres auditeurs étaient Nicolás Negrón, avec ses oreilles de faune, son visage rubicond et son regard qui oscillait indistinctement de la sympathie au cynisme, et Onésimo González, le troubadour, le seul jeune du groupe, qui grattait la guitare tandis que Zentella lisait.

En voyant le maire, Ariel Zurrisa se leva et ouvrant les bras en un geste fougueux, il se mit à hurler :

— Quelles muses doivent hanter ces lares pour avoir conduit jusqu'à nous le maire en personne qui vient nous tenir compagnie lors de notre cénacle quotidien où, jour après jour, nous tentons de faire revivre la culture de cet humble mais florissant village au son de couplets improvisés et d'agréables libations ?

— Arrête tes boniments et dis-moi ce que vous buvez, dit le maire.

— Du rhum, répondit Zurrisa.

Le maire tenta de boire dans le verre du coiffeur, mais celui-ci le lui retira avec précaution :

— Disons plutôt que nous buvions car il n'y a plus de rhum depuis un bon bout de temps. Ceci n'est que de l'alcool avec de l'eau.

— Ça m'étonnait aussi, dit le premier magistrat, et, sortant un billet de sa poche, il s'adressa à Onésimo :

— Va chez don Leandro et achète une bouteille de « Manchado ».

— Nous lisions, poursuivit Zurrisa, l'article que mon compère Zentella va publier cette semaine dans le journal.

Carpizu vit les feuillets répandus sur le sol terreux du salon de coiffure et don Ricardo Zentella, tenant la dernière feuille à la main, piaffant de reprendre sa lecture.

— Continuez, continuez, dit le maire, je vous écoute.

Zentella s'éclaircit la voix et sur un ton solennel et ronflant il poursuivit sa lecture :

— « Le cinq février 1962, au sein d'une famille paysanne, est né le futur rédempteur. Une comète en forme d'épée a annoncé l'arrivée de l'avatar. En effet, au petit matin de cette journée, après une nuit agitée où elle ne put dormir un seul instant, Jane Dixon, plus connue sous le nom de la « Sibylle du Capitole », vit depuis la fenêtre de sa maison le fabuleux augure. La fin de l'Univers, de l'Église, la venue d'êtres étranges ; le chaos universel ou l'arrivée du Messie, mais tout va changer. Ne pensez-vous pas de même, honorables lecteurs ? »

— Bordel ! l'interrompit Nicolás Negrón. Je ne sais pas si cet homme est chaque jour plus fou ou plus beurré. Avant il parlait des fruits gigantesques de la région ou des pluies torrentielles qui ne mouillaient pas. Comment, foutre, elles vont le mouiller si ce mec se bourre la gueule comme s'il voulait imperméabiliser tout ce qui est humide !

— Moque-toi, Nicolas, moi je n'aspire pas aux honneurs d'un prophète. Le bon sens nous indique que les trente-huit années qui manquent pour que s'achève notre siècle ne sont qu'un délai péremptoire.

— Péremptoire mes couilles !

— Vous voyez, monsieur le maire, avec cet homme on ne peut pas discuter sérieusement. Mais ce qui doit arriver est un concentré de toutes les forces... C'est la vérité d'entre toutes les vérités, malheureusement… Comme a dit le poète : « Viens mort si secrète que je ne la sentirai venir. »

— Écoutez ça, don Hilario, interrompit Nicolás. La gaudriole va commencer.

— Tais-toi, tu ne penses vraiment qu'à ça ! le coupa Zentella. Je ne veux pas que vous croyiez, monsieur le maire, que je tente de semer la panique parmi la pusillanimité des braves gens qui croient que vont se transformer en réalité inévitable les prophéties qui noircissent les nuées qui planent sur les cieux du cosmos où nous vivons.

— Ne t'inquiète pas, Ricardo, je sais bien que tout ça fait partie de tes recherches savantes pour le journal.

— C'est cela, don Hilario, car que ce soit par hasard ou par coïncidence, l'humanité a vu en réalité se cristalliser quelques prédictions, car nous sommes de toute évidence exposés à ce qui devra survenir, bon ou mauvais, dans le temps qui manque encore à l'évolution de notre planète.

— Le voilà qui se met à parler comme vous dans vos discours, monsieur le maire, intervint Nicolás.

— Non, non, cet homme est un poète, tandis que moi je ne suis qu'un modeste homme politique ; à propos, Nicolás, comment ça s'est passé pour toi à Campeche ? La recommandation que je t'avais donnée t'a été utile ?

— Parlons-en si elle m'a été utile ! Le secrétaire du gouverneur m'a reçu. Tout allait bien jusqu'à ce qu'il me demande dans quoi je voulais travailler.

— Et ?

— Or précisément ce que je veux c'est ne pas travailler. À quoi me sert une recommandation si de toute façon je vais devoir m'emmerder ?

— Tu es incroyable, Nicolás, commenta Zentella. Comme vous le savez, don Hilario, Nicolás a toujours été fâché avec le travail. Quand il était jeune il ne recherchait que le plaisir des sens. Maintenant qu'il est vieux il passe son temps à chercher des remèdes pour conserver sa virilité étriquée : chaya[6], damiana[7], bois de Campeche, œufs de tortue et qui sait quelles autres mixtures encore...

— Comme l'a dit le docteur Freud, don Hilario, pour les chauds lapins il n'y a qu'un stimulant. En avoir ou pas ?

— Nicolás n'arrête pas de faire des conneries, don Hilario, commenta Zurrisa, maintenant il a une fiancée de quinze ans et il passe ses nuits à baiser avec elle sur le boulevard.

— C'est que je suis comme le poète qui disait :

Aujourd'hui je veux redescendre de neuf marches
Vivre et aimer comme à vingt ans
Renaître encore et encore
Je respire l'air frais de la pluie
Je sens qu'en moi la vie est blonde !

— Allez, Nicolás, dit le maire, laisse tomber ces vies blondes et ces gamines et consacre-toi à ta femme et à tes enfants.

— Écoutez bien, monsieur le maire, vous qui vous prenez pour un savant, dit Nicolás en lui tapotant la poitrine, résolvez-moi ce problème de mathématiques : quand j'avais quinze ans j'aimais les femmes de quarante ; à vingt ans celles de trente. Quand j'en ai eu quarante, j'aimais les femmes de vingt-cinq ans et maintenant que j'en ai soixante, j'aime celles de quinze ans, je les aime bien tendres. C'est quoi ce problème ? Pourquoi ça ?

---

6. Plante connue sous le nom savant de Chenopodium giganteum. Appelée aussi « épinard géant » (N.d.T.).

7. Stimulant des organes sexuels (N.d.T.).

— Fréquenter des femmes plus jeunes que toi ne te mène à rien de bon. Ou tu crois peut-être qu'à ton âge tu peux plaire à une petite jeune de quinze ans ?

— Je n'ai foutre rien à faire de savoir si je plais à cette poulette ! Ce qui compte c'est que la poulette me plaise à moi !

— Cette petite a deux ou trois amoureux en plus de Nicolás. J'ai bien peur qu'ils se paient sa tête, intervint Zentella.

— Mieux vaut se partager à trois un délicieux gâteau que manger tout seul une assiette de merde.

— Tu es incorrigible, dit le maire.

— Imaginez à quel point en est arrivé Nicolás, monsieur le maire, intervint Zurrisa, pour que dans la rue on lui crie sans arrêt : « Du nerf, le coq, du nerf ! »

— Évidemment, connard ! répondit Nicolás, à toi en revanche on doit crier « Chapon ! »

— La boisson est arrivée, s'écria Onésimo en montrant la bouteille de rhum. Zurrisa vida son alcool et sortit de la vitrine un autre verre pour le maire. Il se dirigea vers une cuvette où un morceau de glace flottait dans de l'eau et il commença à le hacher avec ses ciseaux. Ils se servirent, saisis d'euphorie fraternelle. Onésimo prit sa guitare et se mit à jouer. Quelqu'un les interrompit. C'était un jeune homme dégingandé, timide et mince.

— Don Ariel, pouvez-vous me couper les cheveux ? Ou bien êtes-vous trop occupé ?

— Les exigences de l'esprit m'occupent en permanence mais entre et assieds-toi. L'alcool me met l'âme à fleur de peau. Je suis meilleur coiffeur bourré que lorsque je jouis de mes cinq sens, c'est moi qui le dis, sinon demande aux trois générations de ce village qui sont passées au fil de mon rasoir.

Le jeune client s'installa dans le fauteuil du milieu et Zurrisa, en lui attachant une serviette autour du cou, lui demanda :

— Tu ne serais pas par hasard le petit-fils de don Pepe Amaro, qui vient passer ses vacances dans le coin ?

— Oui, monsieur.

— Ton grand-père me dit que tu veux être poète. Quand tu écriras quelque chose, peut-être que je serai déjà mort, mais n'oublie pas de me mentionner, car dans ce salon on fait de la poésie, et de la bonne. Comment veux-tu que je te coupe les cheveux ?

— Rafraîchissez-les. Ni trop courts ni trop longs.

— Les poètes ont pour habitude d'avoir les cheveux longs, commenta Zurrisa. Je me réjouis que tu ne suives pas cet exemple abominable qui ne nous plaît guère à nous autres coiffeurs et nous attire toutes sortes de critiques.

Le coiffeur commença à lui couper les cheveux à une vitesse exagérée : il faisait claquer ses ciseaux, il prenait une poignée de cheveux raides et châtains, les réunissait en crête et les coupait avec un aplomb absolu. Onésimo fredonnait sur sa guitare :

errer sans but, dans toutes
les rues du village

Nicolás Negrón, Ricardo Zentella et le maire poursuivirent leur discussion et leur conversation. Pendant ce temps, Ariel Zurrisa émondait impitoyablement la nuque de son client avec sa tondeuse à main. Le jeune homme, la tête baissée et une main de Zurrisa appuyée sur son crâne, sentait les ravages de la tonte, laissant voir à l'assistance son cuir chevelu qui avait été déjà ratiboisé jusqu'au sommet du crâne. Zurrisa continuait, impunément et à toute vitesse : il rasait le client derrière les oreilles, essuyait son rasoir sur la jambe de son pantalon. Il sortit de sa vitrine une bouteille d'alcool très entamée, en versa une giclée sur la paume de ses mains et l'appliqua au client sous la nuque et derrière les oreilles avec une dextérité calculée et très professionnelle. Il lui mit un peu de talc, détacha la serviette et le jeune client dépité se retourna. Comme il n'y avait pas de glace, il se contenta de dire :

— Don Ariel, les aiguilles de votre horloge sont bloquées en l'air.

— Tiens donc ! s'esclaffa Nicolás Negrón, finalement il y a quelque chose qui peut encore rester bloqué en l'air dans cette boutique.

Il devait être six heures du soir quand le maire rentra chez lui. En arrivant, doña Ema, l'Indienne maya qui travaillait comme bonne, lui dit que doña Sofía était partie en visite. Légèrement ivre, il se doucha à l'eau froide ; il se rasa et s'assit dans une des chaises à bascule du salon. Sofía arriva, silencieuse et distante. Elle avait ramassé ses cheveux sous un fichu et avait les lèvres et les yeux discrètement maquillés. Elle portait un corsage décolleté de couleur orange. Sans échanger un mot avec lui, elle se rendit directement dans la cuisine.

Ils mangèrent en silence et avant que Sofía eût terminé il se leva de table et sortit fumer une cigarette dans le patio de la maison. De là il observait sa femme en train de manger, la tête basse, puis il la vit aller et venir pour aider doña Ema à ramasser les assiettes.

Vers neuf heures, Sofía se retira dans sa chambre pour écouter la radio ; le maire entra dans la maison. Il s'assit à nouveau dans une chaise à bascule et tourna son regard vers le patio à travers les arcades du salon. Il fuma cigarette sur cigarette, absorbé dans ses pensées tout en regardant la végétation touffue du patio.

Il se leva et se dirigea vers la chambre. Il ouvrit la porte et, alors qu'il ne s'y attendait pas, il surprit Sofía nue, sa peau blanche et délicate, sa chemise de nuit dans les mains. Elle se couvrit, interloquée.

— Excuse-moi, dit-il. Sofía ne répondit pas. Elle se retira dans la salle de bains en se couvrant avec sa chemise de nuit collée au corps. Il la regarda s'éloigner et fixa ses fesses blanches, rondes et légèrement rugueuses. La porte de la salle de bains se ferma délicatement. Dans la pièce étaient tendus deux hamacs.

Sofía sortit de la salle de bains vêtue de sa chemise de nuit en lin blanc et les cheveux dénoués ; sans le regarder elle souleva la moustiquaire du hamac et se coucha pour dormir. Il ôta sa chemise, pendit ses pantalons et, en caleçon, se dirigea vers la salle de bains pour uriner. De retour dans la chambre, il se dirigea vers le hamac de Sofía, qui, impavide, le sentit se glisser sous la moustiquaire. Il se coucha, lui toucha les cheveux, perçut le parfum de son corps et murmura :

— Sofía, pardonne-moi si j'ai été grossier avec toi, mais comprends-moi : la venue du gouverneur me rend nerveux.

— Laisse-moi, répondit-elle, les yeux ouverts, le regard perdu dans l'obscurité.

— À quelle heure est le mariage d'Elsi ? demanda-t-il par complaisance.

— À six heures, répondit-elle d'une voix fluette.

— Alors, quel est le problème, mon amour ? lui dit-il en lui touchant les cheveux. Le gouverneur arrive à deux heures ; tu auras bien le temps de faire les deux.

— Il ne part jamais avant huit heures.

— Cette fois il partira. Il est de passage.

— J'en doute. Tu sais bien comment il est.

— On va faire une chose, dit-il en la retournant par l'épaule pour la regarder de face.

— Tu me fais mal, protesta-t-elle. Tu es saoul.

— Écoute-moi, on va passer un marché : tu viens avec moi au repas et si à six heures le gouverneur n'est pas parti, tu t'excuses et tu pars à l'église.

Sofía le regarda quelques instants. Finalement, elle ferma les yeux et dit :

— D'accord.

Il se rapprocha et tenta de l'embrasser sur la bouche.

— Je n'ai pas sommeil, répliqua-t-il en lui comprimant les seins.

— S'il te plaît, je suis fatiguée.

Il était trois heures de l'après-midi. Au Rotary tout était prêt pour la venue du gouverneur, mais celui-ci n'arrivait pas. Les gens de Zitilchén s'entretenaient depuis plus d'une heure sur les sujets habituels et se réfugiaient dans la boisson comme antidote à l'ennui. Le maire commençait à s'inquiéter. Sofía, qui généralement ne buvait pas, en était à son deuxième verre. Ses yeux noirs et fendus jetaient des éclats incertains face à l'impatience de son mari. Une forte odeur de nourriture, de viande grillée, de porc en sauce, de panse farcie envahissait le local.

Vers trois heures et demie, un gamin qu'il avait posté à la porte entra en courant pour prévenir que le gouverneur était arrivé. Le maire sortit recevoir le cortège. Depuis le portail du club, il vit l'automobile noire, cérémonieuse, qui se rangeait lentement, suivie par les autres véhicules de l'escorte : le chauffeur et un des assistants descendirent pour aider le gouverneur et son épouse. Le maire s'approcha de la voiture. Il salua la dame. Il étreignit le gouverneur. Il les prit par le bras et les conduisit jusqu'au club. Sofía qui dans ce genre de circonstance avait tendance à se montrer timide, les reçut avec aplomb. Le gouverneur leur expliqua qu'il venait d'inaugurer un tronçon de route près de Dzibalchén.

— Connaissant tes dons d'amphitryon et la voix merveilleuse de ta femme, dit-il sur le ton de la confidence tout en souriant à Sofía, tu comprendras que je n'ai pas voulu rester à Dzibalchén. J'ai donc prétexté que j'avais quelques petites affaires à régler avec toi, avoua-t-il en souriant.

Au centre du salon, le gouverneur présenta son escorte : le Délégué aux Travaux Publics de l'État et son épouse ; le maire de Dzibalchén que tout le monde connaît et son épouse ; l'ingénieur résident, responsable des travaux, son assistant, et d'autres personnes qui nous aident d'une façon ou d'une autre.

On apporta le repas sur la table. Le maire invita les commensaux à se servir. Les politiciens formèrent un petit cercle fermé. D'un geste inattendu, l'épouse du gouverneur prit Sofía par le bras et la conduisit jusqu'à l'endroit où se trouvait le jeune homme qui avait été présenté comme ingénieur résident, en lui disant :

— Ingénieur, je veux vous présenter cette femme ravissante. C'est l'épouse du maire de Zitilchén. Elle a une voix charmante, vous allez l'entendre chanter.

— Je l'ai entendue, rétorqua-t-il.

— Alors vous vous connaissez ?

— Non, répondit Sofía, qui reconnut le jeune qui plaisait tellement à Elsi Rabelo.

— Sofía, dit l'épouse du gouverneur, ce garçon est l'ingénieur qui a été chargé de la construction de la route que nous venons d'inaugurer ; tu ne trouves pas incroyable qu'il soit aussi jeune ?

Ils se tendirent la main. Elle esquiva son regard et s'excusa en emmenant l'épouse du gouverneur vers l'endroit où un homme, posté expressément en bout de table, découpait et servait du porc en sauce, tout en préparant des « tacos » avec une rapidité extraordinaire. Tandis qu'elles attendaient qu'on les serve, un des serveurs s'approcha pour leur offrir à boire.

— Je préfère prendre quelque chose de frais, dit Sofía, j'ai la tête qui me tourne un peu.

— Mais ma chérie, intervint l'épouse du gouverneur, tu ne vas pas me refuser le plaisir de prendre un verre avec toi. N'est-ce pas ? Donnez-lui un verre, ordonna-t-elle au serveur. Comme ça c'est bien.

L'épouse du gouverneur s'entretint un long moment avec Sofía, tout en monopolisant la parole. Sofía, de son côté, se bornait à dire : « Ah oui ? » quand s'interrompait cette interminable avalanche d'anecdotes, de ragots et d'indiscrétions qu'on lui confiait. Cependant, à un moment donné, l'épouse du gouverneur s'excusa pour aller aux toilettes.

Sofía chercha l'ingénieur des yeux. Au milieu du bavardage de son interlocutrice elle avait senti son regard. En la voyant seule, il s'approcha, un verre à la main.

— Quel âge as-tu ? lui demanda-t-elle de façon abrupte.

— Vingt-six ans, répondit-il. Pourquoi ?

— Tu sais que nous sommes du même âge ?

Elle était sur le point d'ajouter quelque chose quand le maire s'approcha d'eux.

— Le gouverneur aimerait beaucoup t'entendre chanter, lui dit-il en ignorant l'ingénieur. C'est une des raisons de sa venue ; chante-nous quelque chose.

— Sache que je ne suis disponible que jusqu'à six heures, répondit-elle et s'adressant à l'ingénieur, et elle lui expliqua : je vais chanter l'ave maria ce soir à l'église pour un mariage. Mais il nous reste encore du temps. Venez, venez, je suis sûre que mes chansons vont vous plaire...

Avec diligence, les serveurs disposèrent plusieurs chaises à une extrémité de la salle en formant un demi-cercle. Sofía, au centre, accordait sa guitare. Le gouverneur, son épouse, le maire et quelques familiers étaient assis au premier rang. Debout près d'autres personnes, l'ingénieur la voyait de face. Avant de commencer à chanter Sofía demanda qu'on lui apporte son sac à main. Elle en sortit ses lunettes noires et les mit. Elle commença à chanter à voix basse, avec une intonation juste. Les yeux cachés derrière ses lunettes.

L'horloge de la tour de l'église émit un son de cloche léger, simple, presque anodin : six heures moins le quart. En l'entendant Sofía se leva et, ôtant ses lunettes, expliqua au gouverneur qu'elle devrait s'absenter. Il répondit :

— De notre côté nous partons, Sofía. Nous devons être à Campeche avant neuf heures. Ton mari nous a offert un repas exquis et tu as chanté magnifiquement, comme toujours. Ne t'inquiète pas, je t'en prie, et respecte tes engagements.

L'épouse du gouverneur intervint :

— Je serai ravie d'aller l'écouter chanter.

— Tu sais qu'il ne nous est pas permis d'entrer dans l'église, objecta le gouverneur, bon, va avec elle, entre femmes, moi je resterai à parler avec le maire. Nous avons encore quelques affaires à régler.

Le gouverneur donna des instructions à son chauffeur pour qu'il emmène les dames à l'église et qu'il les attende à la sortie.

— Dès que ce sera fini nous rentrons à Campeche.

— J'en profite pour prendre congé, dit Sofía, de l'église je rentrerai directement chez moi.

À l'église, la voix de Sofía prit la beauté de celle d'une soprano ; la voix avec laquelle elle avait chanté lors de la réception s'était transformée : maintenant elle était plus disciplinée, plus haute et plus puissante. Au fond de la nef principale, appuyé contre une des colonnes, debout, l'ingénieur l'écoutait attentivement. Peu avant la fin de la cérémonie, il s'éclipsa discrètement et attendit sur le parvis, sur le seuil de la grille. La nuit était tombée. De l'endroit où il était il vit les dames du cortège se séparer de Sofía qui partit vers son domicile tandis que le reste du groupe regagnait l'automobile où les attendaient le gouverneur et le maire. L'ingénieur suivit Sofía. Il accéléra l'allure et la rejoignit au coin de l'église, en face de l'auberge proche de la mairie.

— Je peux t'accompagner ?

— Il y a beaucoup de mauvaises langues dans ce village.

— Je le sais bien… Je t'accompagne ?

— Si tu veux… Tu sais où j'habite ?

— Bien sûr. Je te connais depuis longtemps. Je t'ai observée… pendant les fêtes, à l'église…

— Ah oui ?

— Bien souvent.

Ils longèrent l'église, près du clocher, en silence, d'un pas rapide. Sofía regardait devant elle, sans le voir. Ils tournèrent au coin de la rue. Ils arrivèrent dans l'impasse obscure où vivait Sofía.

— Demain je pars pour Mérida, dit-il. La route terminée, il n'y a plus rien à faire par ici. Je pars pour Mexico à midi.

— Demain ? Et pourquoi avoir attendu jusqu'à aujourd'hui pour me parler ?

— Je ne sais pas. Aujourd'hui, pendant la fête, je t'observais en train de parler à l'épouse du gouverneur et j'ai pensé que je devais te parler.

Ils arrivèrent devant la petite grille de la maison. Ema, qui sortait de son bain, prenait le frais devant la porte.

— Attends, lui dit-elle et, s'adressant à Ema, elle lui demanda d'une voix douce :

— Entre dans la maison et mets de l'eau à chauffer pour mon bain.

— Oui, madame, obéit-elle et elle les laissa seuls.
— Tu me disais ?
— Rien, que je pars.
— Tu sais qu'on va te regretter ?
— Qui ?
— Les célibataires. Elles avaient jeté leur dévolu sur toi.
— Et toi ? Pas toi ?
— Tu me gênes. Je suis mariée.
— Tu étais la seule qui me plaisait dans ce village. Tu es très belle.
— Tais-toi, s'il te plaît.
— Tu me plais.
— Tais-toi ou tu vas m'obliger à te laisser parler tout seul.

— J'aimais la façon dont tu me regardais. Je sais qu'aujourd'hui quand tu chantais avec tes lunettes noires tu me regardais.

— Non, je ne te voyais pas, je ne te regardais pas, je ne l'ai jamais fait.

Ema apparut à la porte.
— J'ai préparé l'eau.
— Elle est prête ?
— Elle chauffe.

— Alors, rentre et préviens-moi quand elle sera prête ! dit Sofía en élevant la voix.

L'ingénieur profita de cette interruption et en voyant Ema disparaître derrière la porte il prit par surprise la main de Sofía.

— Tu me plais, dit-il. Tu m'as toujours plu.
— Lâche-moi. Mon époux va arriver.

Il l'attira vers lui et elle contempla son visage, lentement, pendant un long instant, ses yeux mi-clos, ce visage qui s'approchait d'elle et tentait de l'embrasser sur la bouche. Un mouvement rapide lui permit de détourner la tête, esquivant le baiser qui émit un claquement stérile.

Sofía regarda l'horloge du clocher. Le maire apparut au bout de la ruelle. Elle retira sa main.

— Il est tard, dit-elle, je m'en vais.

— Il n'est jamais tard. Dis-moi de rester et je le ferai.

— Non, dit-elle, il est tard, trop tard.

— Dis-moi que tu m'aimes.

— Non, non. Va-t'en… s'il te plaît.

— Pas avant que tu aies dit que tu m'aimes.

— Non, je ne peux pas… Et elle se dirigea vers sa maison, sans se retourner, sans dire adieu.

En la voyant entrer, Ema lui dit :

— Madame, l'eau est prête.

— Je m'en contrefiche ! répondit Sofía.

Elle entra dans sa chambre, ôta ses chaussures, s'allongea dans son hamac et se balança, songeuse, les yeux grands ouverts.

UNE PLACE DANS LE MONDE

À Carmen

À contrecœur, le docteur Indalecio Baqueiro sortit son mouchoir pour essuyer les gouttes de sueur qui coulaient sur son front, s'arrêtaient quelques instants sur ses épais sourcils et, contournant ses orbites, glissaient sur ses joues avant de tomber sur le livre qu'il tentait de lire. Il allait passer le week-end à Zitilchén. Il aimait se reposer dans le calme aboulique de son village natal où toute activité se résumait à boire de la bière, converser avec les proches, manger et dormir. Il souhaitait se retrouver en famille et récupérer de la pression constante de la clinique qui ne lui laissait pas un seul moment de répit. Claire, son épouse, était partie depuis vendredi avec l'automobile familiale. Lui était resté à Campeche, pris par une opération urgente : un Indien maya victime d'une tumeur au cerveau. Il était toujours impressionné par les proches des Indiens dont la réaction se bornait à une seule et laconique question : « Il va s'en sortir ? » Peu leur importait l'état actuel du patient, le diagnostic ou la maladie. Uniquement : « Il va s'en sortir ? » À l'occasion ils insistaient pour emmener leur proche à l'avance, quitte à revenir deux ou trois semaines plus tard dans le seul but de faire enlever les points de suture au convalescent.

L'autobus dans lequel voyageait Baqueiro était parti avec une demi-heure de retard et la chaleur l'avait mis de mauvaise humeur. Il restait encore deux heures de route, avec des arrêts dans chaque petit village, avant d'arriver à Zitilchén.

Il s'efforçait presque désespérément de lire, entre suffocation et mauvaise humeur, le roman qu'il s'était proposé de terminer au cours du week-end et qu'il avait commencé depuis plus de six mois. Ses occupations ne lui laissaient pas un instant pour la lecture qui avec la chasse avaient été les deux passe-temps les plus captivants de sa jeunesse.

Pendant le voyage il sentit sa colère s'amplifier parce qu'à côté de lui, collé à la vitre, un jeune Maya avait sorti un livre et le lisait à haute voix. Au début, le docteur Baqueiro avait essayé de ne pas prêter attention au garçon et de se plonger dans sa lecture. Il n'y parvint pas. La voix du jeune homme lui interdisait toute concentration.

Quand le docteur Baqueiro, après avoir remis son mouchoir dans sa poche, lui jeta un regard sévère censé lui ordonner de baisser le ton, le jeune Maya cessa de lire. Il sourit.

— Et toi, qu'est-ce que tu lis ? lui demanda-t-il ingénument.

Baqueiro, déconcerté par tant de naïveté, fixa son visage brun, sa tête un peu triangulaire, ses pommettes saillantes, ses yeux noirs et vifs, et il ne put que lui répondre en dépit de sa mauvaise humeur :

— Un roman.

— Il est écrit en anglais ?

— Eh bien, au départ oui. Par un Polonais. Mais c'est une traduction en espagnol.

— Parce que moi j'étudie l'anglais, lui dit le gamin à brûle-pourpoint et il lui montra son livre. C'était un de ces « pocket books » pour apprendre l'anglais. Comment s'y prend-il, pensa Baqueiro, je ne me suis même pas aperçu qu'il lisait dans une autre langue. Je le connais d'un bout à l'autre, poursuivit le garçon. Allez, demande-moi ce que tu voudras, lui dit-il en lui tendant son livre. C'est là où il voulait en venir, pensa Baqueiro, tandis qu'il refermait, résigné, son propre livre. Il choisit une page du début, au hasard.

— *Where are you going ?* lui demanda-t-il en lui jetant un regard méfiant.

— Où allez-vous ? répondit le garçon, concentré.

L'emploi du vous dans la traduction attira l'attention de Baqueiro, qui, au début de la conversation, s'était senti décontenancé par le tutoiement intempestif du garçon.

— *Where is the post-office ?* demanda-t-il cette fois.

— Où se trouve le bureau de poste ?

— Très bien, observa le docteur, un peu surpris. Très bien, répéta-t-il en cherchant, sceptique, des phrases plus compliquées. Très bien, dit-il pour la troisième fois, on dirait que tu sais le livre par cœur, mais voyons un peu, lui dit-il en fermant le livre. *Where did you learn to speak english ?*

— *I learnt at school. In my hometown.*

— Très bien, très bien. Raconte-moi où tu l'as appris.

— Je suis de Tunkán, un village près d'Izamal. Vous connaissez Izamal ? Bref, c'est là que j'ai appris un peu avec mon maître d'école. Ensuite c'est lui qui m'a recommandé pour que j'aille travailler dans un hôtel près de Chichén. J'étais le seul serveur qui parlait anglais. J'aidais le propriétaire à s'occuper des Ricains. Je les emmenais dans les ruines et je leur expliquais. Parfois j'inventais, avoua-t-il en souriant.

— Et pourquoi tu es parti ?

— L'hôtel n'ouvre que pendant la saison. J'ai dû chercher un autre travail. Mais, ne va pas croire, à l'hôtel j'ai passé du bon temps. J'ai une fiancée américaine. Sa famille insiste pour m'emmener aux États-Unis.

— Et pourquoi tu n'y vas pas ? Tu pourras bien apprendre l'anglais. Te forger un avenir. Être un homme important.

— Je me trouve bien ici, pourquoi aller ailleurs. Elle et sa famille sont très gentils. Ils m'écrivent et chaque fois qu'ils viennent, ils m'invitent à Mérida… Une fois j'ai emmené ma fiancée au village. Elle est venue quelques jours chez moi. Elle voulait prendre un bain et je suis allé chercher de l'eau au puits pour la faire chauffer sur le feu. Elle n'aime pas l'eau froide. Quand j'ai apporté l'eau, elle m'a laissé entrer : elle était toute nue. Elle n'a pas eu honte, dit-il en souriant. On a dormi ensemble.

Le temps a passé, j'ai quitté l'hôtel et j'ai pris un travail chez un tailleur dans mon village ; ensuite un monsieur qui a fait ma connaissance m'a emmené travailler avec lui à Mérida.

— Pour quoi faire...

— Pour surveiller ses petits enfants, faire les courses et aider l'épouse du monsieur à servir à table. Le soir, j'allais à l'école. J'aime étudier. J'aime tellement... que quand une de mes petites amies m'appelait je demandais à mon patron de dire que je n'étais pas là. Mais je ne travaille plus chez eux.

— Pour quelle raison ?

— Pour rien... mon beau-frère m'a trouvé un meilleur travail à Zitilchén et c'est là que je vais.

— C'est précisément à Zitilchén que je vais, moi aussi, dit Baqueiro, et il s'aperçut qu'entre-temps sa mauvaise humeur s'était dissipée. Baqueiro, qui connaissait tous les gens importants du village, lui demanda :

— Et on peut savoir qui est ton beau-frère ?

— Il est soldat dans le régiment de Zitilchén.

— Et quel type de travail t'a-t-il trouvé ?

— Soldat...

— Mais toi qui aimes tant étudier, ça va te plaire d'être soldat ?

— Je ne sais pas. Mais on va me payer davantage. Quand ma maman l'a appris, elle a beaucoup pleuré parce qu'elle pense qu'on peut me tuer. Elle ne voulait pas que je devienne soldat. Mais je l'ai convaincue.

— Mais tu ne préférerais pas gagner un peu moins et continuer à étudier. Par exemple chez le monsieur chez qui tu travaillais ?

— Bien sûr, mais...

— Trouve-toi un autre travail. Tu es un garçon intelligent et je ne crois pas que tu sois fait pour être soldat. Combien te payait le monsieur chez qui tu travaillais à Mérida ?

— Deux cents pesos, plus les repas et la chambre. Il me laissait mes soirées libres pour étudier.

— Et à l'armée ?

— Mille cinq cents.

— Si tu restes à travailler chez ton patron et que tu continues à étudier, tu gagneras vite beaucoup plus qu'un soldat.

— J'aime étudier, mais chez moi on a besoin d'argent.

— Tes qualités ne vont pas beaucoup te servir en tant que soldat. Tu es intelligent et tu n'as pas l'air d'un garçon agressif. À l'armée tu vas oublier ton anglais ; tu ne vas jamais trouver l'occasion de le pratiquer ; pour autant, ne crois pas qu'on va te tuer, non. En tout cas c'est toi qui vas devoir tuer, dit-il en se rappelant les incidents à Zitilchén qui avaient entraîné la présence à demeure d'une garnison dans le village. D'après ce que tu me racontes, ta vocation n'est pas d'être soldat, j'ai l'impression que ça ne te convient pas. Tu ne veux pas passer toute ta vie dans l'armée. Tu n'aimerais pas être quelqu'un d'important ? Occuper une place dans le monde ?

Quand ils arrivèrent enfin à Zitilchén un gros orage se déclencha. Comme ils étaient les deux seuls passagers qui descendaient là, le chauffeur les laissa devant la salle de billards sans s'arrêter à la gare. Ils descendirent en courant.

— Viens manger chez moi, lui signifia Baqueiro, qui vivait tout près. Là tu pourras attendre que la pluie se calme pour aller voir ton beau-frère.

La maison des parents de Baqueiro était située dans un coin de la place, à quelques pas de la gare. Il était près de trois heures de l'après-midi et la famille avait déjà déjeuné quand ils arrivèrent. Cependant, comme on l'attendait, la table était mise.

Sa mère et son épouse bavardaient dans l'entrée. Baqueiro présenta brièvement le garçon. Ils s'assirent pour manger. On leur offrit du poulet cuit sous la cendre. Sa mère les servait tandis qu'il s'entretenait avec son épouse en ignorant presque totalement le garçon. Dès qu'ils eurent fini de déjeuner le jeune Indien voulut s'en aller en remerciant et se dirigea vers la caserne. Deux détails avaient particulièrement frappé Baqueiro : le désarroi qu'il avait ressentit en voyant le garçon manger avec les mains, sans utiliser les couverts, et son nom, qu'il n'avait appris qu'à la fin du repas, quand le jeune eut fini de déjeuner et qu'il se préparait à partir.

— Bonne chance, lui dit-il en lui tendant la main, fais attention à toi et pense à ce que je t'ai dit. Au fait, comment t'appelles-tu ?

— Milo, Milo Ek.

— Je suis le docteur Baqueiro.

Baqueiro avait eu de la chance, il avait abattu deux dindons sauvages et un chevreuil. Il avait convenu avec le maire, qui était son ami, qu'en passant par Chencó, ils déjeuneraient ensemble. Il pensait offrir un gigot de chevreuil et un des dindons pour le banquet.

Baqueiro rentrait à Chencó après une partie de chasse en compagnie de son chauffeur et de son cousin et collègue, Perules. Ils avaient dormi deux nuits de suite dans un campement improvisé. Ils avaient abattu le premier dindon pendant la journée, dans une trouée, au milieu des touffes d'asters sauvages : Perules, debout à l'arrière de la jeep, avait vu sortir le dindon d'entre les broussailles et son tir précis l'avait atteint au moment où il s'envolait. Ce soir-là ils n'avaient pas eu de chance. Le lendemain Perules tira un dindon et Baqueiro un autre. Finalement, le soir, ils réussirent à tuer un chevreuil.

Les gens de la région aimaient Baqueiro. Il avait plaisir à aller chasser plusieurs fois par an et dans les hameaux on l'identifiait tout simplement à sa profession en l'appelant « Le Docteur ». Quand il se rendait dans le maquis, il allait d'un endroit à l'autre, si bien que, lorsque quelqu'un était malade dans un village, les gens partaient à la rencontre de la jeep pour lui demander de l'aide. C'est ainsi qu'il s'était gagné l'amitié, l'admiration et l'attachement fraternel d'une foule d'Indiens qui, avec le temps, chaque fois qu'il traversait le village, que quelqu'un fût malade ou non, voulaient le saluer et lui offrir quelque présent en signe de reconnaissance : un peu de miel, deux œufs de dinde, une sculpture maya trouvée dans la campagne.

Quand ils arrivèrent à Chencó, le premier magistrat, un Maya humble et énergique, les accueillit dans sa maison. Ils s'assirent à la table pendant que ses filles se disposaient à faire les tortillas et que sa femme préparait un bouillon de poule destiné aux visiteurs. Le maire reçut avec gratitude un des dindons et le gigot de chevreuil, qu'il remit immédiatement à sa femme pour qu'elle les cuisine pendant qu'eux buvaient de la bière dans la cour de la maison, une des rares à être en maçonnerie, au milieu de toutes ces chaumines impeccablement blanches, faites de branchages recouverts de chaux, surmontées de toits de paille et entourées de murs de pierres sèches.

La cuisine se trouvait au fond de la maison, dans la cour et à découvert. Tout près, sous un auvent de paille improvisé, il y avait une table, faite du bois dur d'un arbuste.

Il devait être quatre heures de l'après-midi. Ils avaient fini de manger après avoir bu deux cartons de bière et avoir reçu les gens du village qui s'étaient présentés pour saluer le Docteur, quand un enfant s'approcha du maire. Ils parlèrent en maya. Baqueiro remarqua que le maire agitait les mains tandis que l'enfant acquiesçait.

— Un malade, lui confia le maire, on dirait que c'est grave. Ils veulent savoir si vous pouvez aller le voir.

— Allons-y, dit Baqueiro.

— Viens avec nous, précisèrent-ils au petit messager.

Ils montèrent dans la jeep, quittèrent les larges rues de terre battue de Chencó, et prirent la direction du maquis. Ils roulèrent environ vingt minutes et s'arrêtèrent dans un hameau constitué de quatre ou cinq maisons, d'une porcherie, d'un poulailler et d'un rucher de belle taille. Ils entrèrent dans l'une des maisons de torchis, pratiquement vide, à l'exception d'une cruche d'eau, d'un seau de miel et d'un hamac de sisal accroché à deux traverses, où un homme tremblait étrangement. Baqueiro ôta son chapeau et s'avança vers lui. L'enfant qui les accompagnait et le maire attendirent sur le seuil.

Le malade était saisi d'un tremblement violent. Il était couché de dos. Baqueiro le prit par l'épaule et lui demanda de se retourner. Il lui palpa le front, lui prit le pouls et observa ses yeux.

— Il n'y a pas de doute, commenta-t-il : paludisme. Son teint, sa température, ses frissons. Espérons que les poumons ne soient pas touchés.

— L'enfant dit que ça fait plus de quinze jours qu'il est tombé malade ici, lui confia le maire.

Baqueiro, concentré, regardait le malade, lorsque celui-ci lui dit d'une voix chevrotante :

— Tu ne te souviens plus de moi ?... Ek, Milo Ek, lui dit-il. *I speak english.*

Ce n'est qu'à ce moment que Baqueiro se rappela son visage et la conversation qu'il avait eue, il y avait presque un an, avec le jeune Maya à bord d'un autocar.

Le garçon ferma les yeux, saisi de frissons.

— Tu le vois, docteur, tout n'a pas aussi mal marché que tu le disais. J'ai pensé à ce que tu m'avais dit, mais ça n'a pas si mal marché, pas vrai ?

— C'est un des soldats qui viennent désinfecter la région contre les moustiques et le paludisme, expliqua le maire, lui il a eu la malchance de tomber malade et il a dû rester ici. Son état ne s'améliore pas.

Le malade balbutia quelque chose en maya. L'enfant s'approcha de la cruche et versa de l'eau dans une tasse. Il lui donna à boire. Milo leva légèrement la tête et absorba avidement une longue gorgée. Il se recoucha en fermant les yeux, tremblant de tout son corps. En le voyant dans cet état, dans cette espèce d'hébétude, Baqueiro se rappela leur conversation dans l'autocar.

— Il va s'en sortir ? demanda le maire.

— Montez-le dans la jeep, ordonna Baqueiro, mal à l'aise, navré et ressentant un vague mépris à l'égard de lui-même.

LE PÈRE CHEL[8]

À Colin White

Que personne ne m'accable du triste surnom de séducteur lascif, alors que je n'ai été qu'un homme aimant par-dessus tout la justice et la dignité. Je reconnais que j'ai eu quelque difficulté à tenter d'écrire ces lignes. Ce que j'écris est péché ; c'est péché de mettre des mots sur ces souvenirs et de coucher ces mots sur le papier. Mais quelque chose dans ma conscience me force à révéler les causes des calamités qu'on m'impute ; la plus courante : avoir couronné de plusieurs paires de cornes, s'il m'est permis d'utiliser cette image vulgaire et affligeante, les crânes obtus de ces trouillards qui se prennent pour de redoutables taureaux. Que Dieu tout-puissant accepte que le recours bien connu à l'écriture parvienne à me soulager de mes remords comme je soulageais des leurs mes paroissiens quand je les écoutais débiter leurs peccadilles dans le confessionnal.

Je suis arrivé à Zitilchén pour instiller une confiance nouvelle dans l'esprit des gens. Je venais remplacer l'honorable père Emilio García, un saint homme, plein de bonté, quoique un peu mal embouché et plutôt grincheux. Je sais, par des sources dignes de foi, que le père García était un homme âgé. Son âge l'empêchait d'avoir cette communication indispensable avec les paroissiens qui m'a valu la bienveillance, la sympathie et

8. Terme maya appliqué aux personnes ayant les cheveux blonds et les yeux bleus (N.d.T.).

la reconnaissance d'une bonne partie des villageois. Le Père Emilio, avec ses cheveux tout blancs coupés court sur le front et son nez crochu qui touchait presque son menton proéminent, et avec ce petit air supérieur, pourrions-nous dire, qui impressionnait les pécheurs dès l'« Ave María Purissima », était respecté et vénéré mais aussi, nous devons l'admettre, notoirement redouté. Chaque fois que quelqu'un pénétrait dans le confessionnal il l'obligeait à réciter le « Confiteor » à voix haute, exploit qu'au début peu de gens pouvaient accomplir, et même ceux qui y arrivaient n'étaient pas exempts de quelque remontrance pour avoir omis une ligne ou pour prier avec une ferveur insuffisante. On m'a également rapporté que, si pendant la messe un enfant se mettait à pleurer, le Père Emilio s'arrêtait pour réprimander la mère :

— Je vous ai déjà dit, tonnait-il, que si vous n'avez personne pour garder votre enfant, inutile de venir à la messe. Vous en êtes dispensée, mais laissez les autres se recueillir comme Dieu l'ordonne. La mère pieuse qui avait pris sur elle d'emmener son bébé pour ne pas manquer à l'église, sortait sous les regards d'abord apitoyés, puis souriants et finalement goguenards des paroissiens eux-mêmes. Le Père García, le pauvre, était un homme extrêmement rigide et par là même il se voyait contraint de changer la dévotion en obligation. Il forçait littéralement les paroissiens à se plier aux desseins de Dieu, alors qu'on sait qu'il est très facile d'être persuasif si on compte sur le soutien divin et si on a su gagner la confiance des fidèles. Le fait est que le père Emilio García sermonnait sévèrement ceux qui cessaient d'assister à l'un ou l'autre office et, rejetant toute justification, il les réprimandait aussi bien en public qu'en privé. Vous pouvez maintenant vous imaginer l'impression que j'ai produite en arrivant dans ce village après le décès du père García, paix à son âme. Je suis, comment dire, un homme jeune – je n'ai pas encore quarante ans – et plein de vie. J'ai hérité de la tolérance pugnace prêchée par le pape Jean et je me suis fait un devoir, éprouvant, d'être plus compréhensif à l'égard des pécheurs que mon prédécesseur. Je disais donc que coule dans mes veines un sang enjoué et à force d'être tolérant et charmant on a fini par me dire que je suis, sinon joli garçon, du moins un homme que les femmes qualifient habituellement d'« attirant ». Grâce à mes cheveux frisés et à mes yeux bleus les paroissiennes ont commencé à m'appeler, avec respect et affection, « le père Chel », surnom qui ne m'a pas dérangé et qui en tout cas a permis une communication et une confiance plus affirmées. Je joue de la guitare, je fume, j'aime danser et, pourquoi le cacher, je bois, sans toutefois le faire avec l'impétuosité et la démesure des hommes de ce village qui, soit dit en passant, ont une magnifique descente.

Quand je suis arrivé à Zitilchén ces mêmes hommes ont applaudi à mon caractère, qu'ils trouvèrent alors affable et jovial. Peu à peu, cependant, ils me retirèrent leur sympathie. Ils commencèrent à me reprocher ce fameux dimanche où je n'ai pas pu aller célébrer l'office en raison d'une migraine aiguë accompagnée d'une nausée terrifiante, alors que l'église était remplie de paroissiens dans l'attente de la messe. Mais leur récrimination passait sous silence que j'avais vendu presque la moitié des billets du bal de bienfaisance du samedi, organisé dans le but précis de recueillir des fonds pour l'église, et que j'avais, par là même, des engagements inéluctables avec mes donateurs. Je ne nie pas que j'avais bu quelques verres. Mais ce sont mes juges implacables – certes ils n'auraient manqué la messe pour rien au monde – qui m'avaient encouragé à boire tant et plus, à jouer de la guitare et à leur raconter des histoires plutôt lestes. Ce sont eux, évidemment, qui reconnurent le danseur inné qu'il y a en moi.

Mais, en fin de compte, ce premier incident leur parut plutôt drôle. Les choses empirèrent quand le maire me demanda de bénir sa voiture flambant neuve. La cérémonie revêtit la pompe et la dignité qu'exigent ces événements et qui impressionnent tellement les fidèles. La bénédiction fut suivie de festivités auxquelles je fus cordialement invité. Les choses se déroulaient normalement et alors que je me préparais à me retirer, le maire me demanda d'essayer son automobile. Je ne crois pas à la fatalité mais comment ai-je pu, cette même nuit, emboutir un arbre au volant du véhicule que j'avais béni quelques heures auparavant ?

Mais ils manifestèrent encore plus d'embarras et d'inquiétude quand ils s'aperçurent que j'étais, au contraire du père García, un soutien pour leurs filles et leurs épouses et que si je ne leur venais guère en aide c'était précisément parce que, dans ce village, les hommes ne fréquentent jamais l'église et qu'ils considèrent que c'est une histoire de femmes.

Et c'est précisément à cause d'une histoire de femmes que je me retrouve aujourd'hui dans l'adversité. Mais je pourrais demander, mes bons amis, un petit péché doit-il effacer tout le bien que j'ai fait dans ce village ? Un seul acte imprudent doit-il ruiner toute la retenue, le soutien, la confiance que j'ai dispensés à mes paroissiens ? C'est triste à dire, mais c'est ainsi. Je ne souhaite pas citer de noms. Je sais être discret. Mais est-il possible que cette femme qui vint un jour au confessionnal me demander de l'aide ait oublié ce que j'ai fait pour elle ? Revenons donc un peu en arrière. Il s'agit d'une femme légèrement plus âgée que moi. Elle doit friser la quarantaine. Elle m'aborda dans le confessionnal.

— Mon Père, il faut que je vous parle.

— Je suis là pour ça, ma fille.

— Non, je ne veux pas me confesser. Je veux vous parler en privé.

— Va à la sacristie et attends-moi. Je te parlerai quand j'aurai fini les confessions.

J'arrivai à la sacristie épuisé. Je remarquai sa nervosité. Je lui demandai de s'asseoir. Blottissant sa main entre les miennes, elle me dit :

— Mon Père, j'ai besoin de votre conseil.

— Dis-moi, ma fille, je t'écoute.

— Je ne sais comment vous le dire... Mais vous savez que mon mari est gravement malade. Le docteur lui a interdit tout exercice violent et le moindre choc nerveux... Ah, mon Père, quel tracas... Mais la nuit je fais des rêves très étranges. Je me réveille angoissée. Ça agace mon mari, mais je n'y peux rien.

— Prends patience ma fille, ne t'affole pas. Ton mari est encore jeune, il est en bonne voie de guérison et si vous suivez les indications du médecin, il va se rétablir bientôt. Pour le moment, prends les choses avec calme et résignation.

— C'est ce que je fais, mon Père. Mais je ne vous ai pas dit le pire.

— Quoi.

— Ce n'est pas mon mari qui m'inquiète... c'est vous.

— Moi ?

— Oui, mon Père, vous, me dit-elle en serrant ma main entre les siennes... Je rêve de vous toutes les nuits.

Dois-je vraiment continuer ? Non, je ne le crois pas. Mais je peux vous assurer que cette nuit-là ma paroissienne a dormi tranquille. Et mieux encore : son brave époux aussi. Mais jusqu'où doit aller mon dévouement ? Quel est le plus grave péché conçu par la religion chrétienne ? N'est-ce pas par hasard le manque de charité ?

À Zitilchén le sexe déborde de partout. De même qu'il y a des endroits où la passion des gens rejaillit sur la politique ou le football, à Zitilchén l'air est saturé d'effluves charnels. Et pourtant, en dépit de deux ou trois tentatives avortées, il n'y a pas de bordels. En dehors de Kay Kutz (dindon chanteur), le pédé du village, et de « La Panthère », la seule à faire commerce de son corps peu ragoûtant, personne n'exerce ce métier qui, dit-on, nous définit en tant qu'êtres humains. À Zitilchén le sexe est imprégné de ruse et chacun doit se débrouiller pour y avoir accès. C'est comme un cancer qui – dois-je dire nous ? – ronge derrière une façade paisible. Je n'aurais donc pas dû m'étonner qu'à peine arrivé dans le village, un petit gamin qui n'avait pas plus de quatre ans, se soit adressé à moi pour me dire :

— Mon Père, Matri vous envoie son salut.

— Matri ? demandai-je tout surpris. Quel Matri ?

— Ma trique, me dit-il en riant et en ignorant probablement le calembour.

Je n'aurais pas dû non plus me scandaliser en apprenant le cas du garçon qui avait été surpris avec sa fiancée en train de forniquer dans le cimetière par des amis qui avaient remarqué sa fréquentation assidue de cet endroit et avaient tenté de l'effrayer. On ne compte plus ce genre d'histoires. Une des plus insolites fut celle de cet homme venu à confesse. Parmi ses péchés il me confia qu'il avait séduit une des plus chastes – je peux en témoigner – jeunes filles du village. Il m'avoua qu'un jour, alors qu'il se promenait dans son potager avec cette femme, elle avait eu envie de goyaves. Lui avait insinué témérairement un troc et la dame, prise au piège de sa fringale, avait accepté, à sa grande surprise. Mes mots sont impuissants à exprimer la douleur qui me submergea. Cette jeune personne dont les boucles tombaient sur le front, qui se déhanchait discrètement en marchant, à la voix si douce, avait décidé de se donner en échange de quelques vulgaires goyaves. Après avoir écouté ce pénible péché, j'imposai une sévère pénitence et, je dois le reconnaître, je me sentis anéanti de jalousie et de déception.

Mais je n'étais pas au bout de ma surprise car, en entrant dans un bistrot, peu de temps après, j'entendis raconter le même incident où seuls les protagonistes étaient différents. J'entendis la même version, répétée deux, trois fois. Seule la femme changeait, et en général elle était complètement étrangère aux ragots qui couraient sur elle. Ah, hommes pervers ! Ou bien ils s'étaient payé ma tête, ce dont étaient parfaitement capables ceux qui connaissaient mon penchant naturel pour cette petite dame, ou bien, dans ma grande naïveté, j'avais cru dur comme fer les fantasmes sexuels favoris qui peuplaient l'imagination du village.

Comment s'étonner dans ces circonstances de ce qui m'arriva ? Comment ignorer l'astuce de cette gamine de quinze ans qui exigea de moi une confession face à face, « comme si vous étiez un homme, me dit-elle, pour que mon visage brûle de honte » ?

— Toutes les nuits je sens que mon corps est possédé : il est inondé de flammes, des flammes qui me consument et m'embrasent à l'intérieur. Alors j'imagine un animal. Il s'approche de moi. Il prend d'abord la forme d'une salamandre. Elle grandit et se transforme en iguane. Il s'approche peu à peu de moi. Il grandit encore plus et se change en un dragon imposant qui se tord dans tous les sens et crache du feu. J'ai envie de dominer ce dragon avec mon corps, de l'apaiser, de le vider, de le désarmer. Alors je le prends dans mes mains, je le dompte avec ma bouche, avec ma chair et je sens que son feu, sa lave et son magma s'écoulent dans mes entrailles et je suis soulagée, mon Père... je suis soulagée...

Que faire quand il apparut que ce n'était pas son visage mais le mien qui brûlait de honte lorsque je sentis que cette jeune personne tenait prisonnière de ses mains chaudes et délicates ma propre concupiscence ? Je ne m'explique véritablement pas comment cela se produisit ; si mon visage révélait l'attirance de mon douloureux forfait ou si quelque étincelle intempestive provoqua l'incendie dévastateur que mon pauvre esprit – aidé par mon humble corps – dut éteindre à plusieurs reprises. L'argumentation n'était jamais la même. Ces femmes qui se disaient physiquement satisfaites réclamaient mon aide spirituelle et quand, dans un élan de chaste générosité, je tentais de la leur prodiguer sans réserve, mes efforts s'avéraient toujours insuffisants. Avec une persuasion enviable elles combattaient mes arguments jusqu'à ce que, dernière victime en date de ce milieu villageois, je succombe, non pas à la luxure mais à mon penchant bien connu à venir en aide à ces femmes en mal d'affection, pauvres âmes inconsolables, sans personne à qui s'adresser. Que faire quand une femme s'accroche à quelqu'un comme un naufragé à une planche de salut ? Je suis avant tout un gentleman et il y a des devoirs qu'on ne peut esquiver. Je ne pouvais pas les laisser seules, non, il n'en était pas question. Comment faire autrement alors que je savais que si ce n'était pas moi qui les recueillais, elles iraient chercher quelqu'un d'autre qui n'aurait pas mon expérience, ne leur offrirait pas ma compréhension et ne saurait même pas être discret. Non, je ne les ai jamais abandonnées : elles étaient mes ouailles.

Mes actes ne manquaient pas de noblesse, parole d'honneur. Certes mon propre corps, de pécheur en fin de compte, avait ses manies et ses préférences, il appréciait les yeux au regard empreint de coquetterie, les lèvres gonflées de sensualité, les gorges bien pourvues, les avantages harmonieusement répartis de certaines dames de ma paroisse unanime, mais je ne succombai jamais à un désir délibéré, à une prédisposition. Mon corps se laissait plutôt conduire par les arguments embrouillés que chacun élabore quand il identifie ses désirs et qu'il ne réfléchit pas à la façon de les satisfaire.

Parmi mes paroissiennes il y en avait une, appelons-la Azucena, qui, la pauvre petite, souffrait de crises d'épilepsie. Par un beau dimanche ensoleillé de mai, mois des fleurs et de la Vierge Marie, je venais de donner la bénédiction quand cette fleurette, je veux dire Azucena, eut une attaque sous les yeux de tous. On l'emmena dans la sacristie. Je demandai à quelqu'un d'aller chercher le médecin et qu'on la laissât seule. Sa mère et moi restâmes avec elle. Je me rappelle Azucena prostrée sur le divan que les circonstances m'avaient contraint d'installer dans la sacristie. Non, ce n'était pas une belle femme. Elle avait un visage revêche, brunâtre et infantile. Une petite frange gracieuse de cheveux foncés couvrait son front. Elle avait un corps petit et mince quoique bien... mais ça suffit. Je disais donc que j'avais demandé qu'on aille chercher le docteur Guerrero ou Baqueiro s'il était dans le village, mais sans succès. J'allais faire quérir le pharmacien, quand la mère d'Azucena m'indiqua qu'elle avait les remèdes chez elle. Je restai seul avec Azucena et, à mon grand soulagement, elle revint à elle à ce moment précis.

Le temps passa et un nouveau scandale éclata dans le village : Azucena, célibataire, s'était retrouvée enceinte et refusait d'avouer qui était le père. On vint se plaindre auprès de moi. J'admonestai le coupable pour qu'il avoue son péché. Je harcelai Azucena du haut de ma chaire mais elle fit la sourde oreille à mes réprimandes et aux cancans du village avec un stoïcisme exemplaire. L'enfant naquit. Je le baptisai moi-même. Peu à peu l'aspect du bébé se précisa. Il était joli. Il avait les yeux bleus. Mais les gens du village, animés d'une vindicte inouïe, crurent avoir trouvé le coupable quand ils découvrirent qu'il avait les cheveux blonds et frisés. Peut-être Notre Seigneur Dieu avait-il profité d'un faux pas de ma part pour me punir en permettant qu'un témoignage douteux m'accable.

Aujourd'hui je paie la réprobation que j'ai suscitée. Privé de ma paroisse, de mon honneur, de mes habits sacerdotaux, je rédige, de façon maladroite et confuse, ma défense afin de me reprocher, non pas mes fautes mais mes faiblesses, non pas ma lubricité mais mon esprit charitable. Et je voudrais seulement demander à celles de mes ouailles qui m'ont abandonné : qu'est-ce qui importe le plus à vos yeux pour le bien de votre village : ces mentalités rigides, pointilleuses et respectueuses des traditions comme chez le Père García ou celles, entreprenantes, laborieuses et généreuses comme la mienne ?

QUAND S'INSTALLAIT LE CIRQUE

À Juan García Ponce

En tête de la rangée d'élèves de l'école primaire, Irma se retourna, intriguée, vers la maison. Deux institutrices conduisaient les fillettes et faisaient un détour pour éviter l'immense portail de bois vert. Les yeux dorés d'Irma, liquides et brillants de mille feux, s'enflammèrent de reflets verts pendant les quelques secondes passées à observer. C'était une maison quelconque. Jamais auparavant on ne les avait fait se mettre en rang pour sortir. Les maîtresses les accompagnaient jusqu'au coin de la rue où chacune allait son chemin. Irma attendit le départ des institutrices pour revenir dans la même rue en direction du cirque. En passant devant le portail elle entendit un accord : le trombotirelire, le bandolire, le saxotirelirelire. Elle jeta un coup d'œil par la fenêtre. Personne. Prenant son courage à deux mains, elle se pencha par la porte simplement poussée. Une dame sur un siège de rotin s'éventait frénétiquement : grande, pâle, mince. Malgré son âge avancé, ses longs cheveux noirs frisés étincelaient entre deux passages de l'éventail. Des yeux tristes. Dégingandée et puérile, Irma la regarda, en suçant son pouce. La dame, surprise, cligna des yeux. Qu'est-ce que tu veux. Rien... Comment ça, rien ; alors qu'est-ce que tu fais plantée là comme une idiote ? Je voulais voir danser. Viens, approche... Dis donc, tu en as de chouettes yeux. Comment tu t'appelles ? Irma. Bon, Irma, puisque tu es là, rends-moi un service : va chez les Alpuche et achète-moi des cigarettes. Des « Faros »[9]. Depuis un moment j'ai envie de fumer et je n'ai même plus un mégot. En sautillant Irma se rendit à la boutique. Merci Irma, lui dit la dame distraitement, quand elle revint avec les cigarettes. Tiens, et elle lui offrit dix centimes. Ton pourboire. Non, merci, refusa-t-elle : je passe par ici tous les jours. Si vous voulez, je m'arrêterai pour vous acheter vos cigarettes. Les yeux la questionnèrent. Elle rougit. Le regard s'adoucit. Tiens, prends et rentre chez toi.

Au lieu de rentrer elle se dirigea vers la grand-place. Elle aimait le cirque depuis qu'elle l'avait vu s'installer, quelques jours avant le début de la foire, et comment on dressait le chapiteau rouge et bleu, avec ses petits drapeaux flottant au vent.

Les clowns l'avaient fait rire aux larmes quand ses parents l'avaient emmenée voir le spectacle, entre lumières et musique, le samedi soir. Bien qu'au début ils lui aient fait un peu peur. Surtout les clowns nains... En voyant l'éléphant, les chiens et les chevaux, elle se rappela que c'était le numéro des trapézistes qui l'avait le plus enchantée. Lui, très beau garçon, avec ses cheveux lisses bien peignés. Elle, avec une cape jaune et un habit vert étincelant, était montée sur le cheval et avait voltigé tant et plus. Puis elle changea de vêtement. Elle enfila un maillot blanc et elle monta là-haut, tout là-haut, avant de se jeter sans crainte dans le vide pour que son partenaire arrive juste à temps et la rattrape dans ses bras.

On ne le permettra pas pour une longue période, avait dit son père ; on est d'accord tant que dureront les fêtes annuelles, mais on ne peut pas admettre qu'ils restent là pour toujours, même si le commerce, aussi important soit-il, appartient à

9. Cigarettes bon marché et de qualité médiocre (N.d.T.).

cette femme qui a complètement embobiné le père Basilio. Il s'agit avant tout de protéger les enfants. L'établissement est situé juste en face de l'école. Nous, les parents, on est tous contre. On a déjà laissé des consignes aux instituteurs… Et en la regardant d'un air sévère, il lui avait ordonné : Irma, fais-moi le plaisir d'aller jouer dehors, c'est une conversation entre grandes personnes. Et pendant qu'elle s'éloignait, elle parvint à entendre : on doit les expulser du village, ça ne peut plus durer.

Elle gagna sa chambre. Elle avait un joli visage, des traits innocents et fins ; son corps était mince et élancé, pré-pubère. Elle enleva ses vêtements et enfila son maillot de bain. Un, deux, un saut ; un, deux, un saut. En arrivant dans la cour, elle se sentit déconcertée par les applaudissements et éblouie par les lumières. Son ami le clown la salua de la main et lui fit un clin d'œil. Bonne chance. Elle sourit. Son fiancé était sur le trapèze, avec sa petite moustache taillée au cordeau, ses cheveux plats et brillants. Robuste, basané, il l'attendait avec ses bras agiles. Irma ôta sa cape et la laissa négligemment tomber sur le sol. Pendant qu'elle grimpait en souriant par l'échelle de corde, les gens l'applaudissaient et l'applaudissaient. Ils étaient tous si mignons. Comme ils l'aimaient. En arrivant sur la plateforme, elle joignit les pieds et leva les bras. L'ovation grandit. Elle leur envoya des deux mains des baisers légers pleins de gratitude. Son fiancé lui lança le trapèze et elle, totalement confiante, bondit à sa rencontre. Elle entendit un craquement et elle s'écroula en sentant les branches et les feuilles la frôler. Elle tomba et ressentit une douleur aiguë à la langue. En se voyant couverte de sang, elle se mit à pleurer. Sa mère, morte de peur, les yeux exorbités, sortit dans la cour et, presque en criant, s'approcha d'elle : qu'est-ce qui t'est arrivé ! Et elle, incapable de répondre, sentait sa bave s'écouler et le goût salé du sang inonder son palais. Irma est tombée du manguier et elle s'est mordu la langue en tombant ! Vite, appelle le docteur, s'était exclamé sa mère.

Le médecin était très gentil, il vint la soigner et bien qu'elle eût très mal il la traita affectueusement. Il va falloir que tu restes quelques jours alitée. Oui, docteur. Et pas question de manger des choses piquantes ou amères. Non, docteur. Ensuite, s'adressant à sa mère, il lui dit :

— Ne vous inquiétez pas, madame, elle va bien maintenant. Amenez-la moi lundi matin à la consultation.

Elle dut rester deux très longs jours allongée, sans bouger, sans pouvoir parler, avec la langue abîmée. Le dimanche son papa partit en voyage visiter les scieries. Elle resta seule avec sa maman. Tant mieux. Ce serait plus facile pour s'enfuir. Espérons que les gens du cirque ne m'abandonneront pas et qu'on ne les aura pas chassés. Il sera plus facile de fuir sans papa à la maison. Il faudrait qu'elle se débrouille. Profitant du fait qu'on était dimanche, elle s'habilla et se préparait à sortir dans la rue quand sa mère l'arrêta : où croyez-vous aller, mademoiselle la chipie ? À la messe. Il n'en est pas question. Tu es encore malade ; retourne dans ton hamac. Maintenant je me sens bien. Le docteur a dit trois jours de repos et tu dois obéir sans broncher.

Elle resta chez elle toute la journée à lire des contes pour enfants et pendant que sa mère cuisinait et faisait le ménage, elle jouait dans son hamac. La mère termina ses travaux et vint s'allonger aux côtés d'Irma. Quand elles étaient seules, maman était si gentille, si mignonne. Sur le soir elle lui dit : Irma, comme tu t'es bien conduite, je t'emmène faire un tour sur la place et on passera chez le médecin pour voir si demain tu peux aller à l'école.

Toute contente, elle fit sa toilette, elle voulait voir si les gens du cirque étaient là, et elle se prépara. Quand elles furent prêtes, elles sortirent dans la rue en se tenant par la main. Elles arrivèrent sur la place et elle se tourna vers l'esplanade : ils étaient encore là. Ils ne l'avaient pas abandonnée. Allons au cirque, dit-elle à sa mère tout en marchant. Elle avait tellement envie de revoir les trapézistes et ses amis les clowns, mais pas les nains : ceux-là lui faisaient peur. Aujourd'hui on n'a pas le temps, ma fille. Pas même un petit instant ? Nous sommes sorties pour que le docteur te voie et qu'il me dise dans quel état tu es.

Elles empruntèrent la route de Campeche. Elles traversèrent la petite place et prirent la sortie vers Mérida. Peu avant la station-service elles tournèrent à gauche dans une des rues transversales et marchèrent jusqu'au prochain carrefour en direction de la maison du médecin. Elles frappèrent à la porte. Elles entrèrent dans le cabinet de consultation improvisé. J'ai profité du voyage de mon époux pour venir vous voir aujourd'hui plutôt que demain, dit sa maman. J'ai tellement à faire le lundi. On ne vous a pas interrompu ? La vitrine pleine d'instruments. Des livres, un divan, un bureau. L'odeur éveillait la peur en elle : seringue, piqûre. Que faites-vous, docteur, tout seul le dimanche ? Tout le monde est sur la place pour les fêtes, répéta sa maman. Assieds-toi sur le divan, ordonna le médecin. On va me faire une piqûre ? Je ne le sais pas encore. Reste tranquille. Ouvre la bouche et dis ahhhh. Le médecin prit un abaisse-langue et le lui mit dans la bouche tout en l'observant. Irma sentit le goût du bois sec. Sa maman intervint : ah, docteur, quelle tristesse, on est venues vous déranger. Qu'elle prenne son médicament jusqu'à mercredi, dit le médecin en se lavant les mains. Ils passèrent dans la salle d'attente. Asseyez-vous. Figurez-vous qu'on n'a pas le temps. Pas même un petit instant ? demanda le médecin et, se retournant vers Irma, chagrinée, souriante, la mère répondit : bon, un petit instant, pourquoi pas. Il est encore tôt.

Irma était restée à les écouter deviser et le médecin, pensant qu'elle s'ennuyait, lui avait prêté des bandes dessinées et des crayons de couleur. Va dans la salle à manger, Irma. Assieds-toi pour dessiner. Le médecin mit le tourne-disque en marche. Musique : la maison s'emplit de plaintes langoureuses, de rythmes de rumba et de « danzones » égrillards qui parlaient de caresses et de baisers douceâtres. Elle dessinait quand le médecin invita sa mère à danser. Non docteur. Je ne peux pas danser. Si, maman, danse. C'est si mignon. Vous voyez bien commenta le médecin, Irma veut que vous dansiez, pas vrai ? Si, si, maman, vas-y. Une seule alors, docteur. Bien sûr, madame. Irma voyait sa mère fermer les yeux et se laisser conduire, au rythme de la musique, sans bouger. Elle ne se déconcentrait que quand le médecin lui murmurait de petits secrets à l'oreille. Ne soyez pas malappris, docteur. Comme le docteur était gentil, comme ils dansaient bien. Du sommeil dans ses yeux. Accablés de sommeil, ses yeux se ferment lourdement. Elle appuie son bras sur la table et, les yeux pleins de sommeil, elle regarde sa mère danser, silencieuse et docile.

Il est tard, Irma, avait dit sa mère, réveille-toi, comment tu te sens ? Bien, maman. Bien, alors lève-toi, tu dois aller à l'école et avant je veux que tu ramasses les œufs dans le poulailler. Elle se leva somnolente, petite robe de chambre brodée de fleurs, et alla faire sa toilette dans la salle de bains. Irma. Oui maman. Je te promets de ne pas dire à ton papa que nous sommes sorties hier sur la place. Souviens-toi que tu devais rester couchée jusqu'à lundi. On est simplement allées chez le médecin ? Peu importe. Je ne vais rien lui dire, mais toi non plus ne lui dis rien pour qu'il ne nous gronde pas.

Non maman. Elle déjeuna avec entrain. Le cirque : partir avec eux. Mais il y avait un problème : elle n'avait pas d'argent. Maman, tu me donnes de l'argent ? Tiens. Seulement vingt centimes ? Seulement vingt centimes. Avant de partir elle se rendit au poulailler. Et pendant qu'elle ramassait les œufs, elle eut une idée : elle souleva sa robe et en cacha un dans sa culotte. Elle remit le panier à sa mère et partit en marchant avec précaution. À peine fut-elle dehors qu'elle se tourna contre le mur. Elle sortit l'œuf. Elle se dirigea vers la place et le vendit au marché. On lui en donna quinze centimes. Ses cahiers dans une main et les pièces imprégnées d'une sueur aigre dans l'autre, elle courut vers la place à la recherche du cirque. Un vide profond la parcourut depuis les yeux et vint exploser dans son estomac. Le chapiteau avait disparu. Monsieur, le cirque est déjà parti ? Oui, ma petite, oui. Ils sont partis très tôt. Ils vont à Dzibalchén.

Se tenant sur ses gardes, Irma franchit le corridor. Inopinément elle buta sur une masse imposante et sombre : la dame. Salut. Une course à faire ? Je te trouve bien curieuse. Les yeux de la dame, grands et tristes, la parcoururent. Oui, oui, ma fille. Va m'acheter des cigarettes, comme l'autre jour. En revenant, Irma trouva la dame qui parlait avec un groupe de filles. Une en particulier enchanta Irma : c'était une petite jeune fille brune et svelte nommée María de Jesús. Préparez-vous pour aujourd'hui à trois heures. Irma vit le groupe de femmes pénétrer dans le fond de la maison, derrière une cour dallée recouverte d'un auvent de palmes sèches. Elle reconnut un tourne-disque, plus grand et plus joli que celui du médecin.

J'ai vu la danse, confia Irma à Lupita, en salle de classe. Je suis devenue l'amie d'une dame qui m'appelle blondinette, je lui fais ses courses et elle me donne un pourboire. Je lui ai dit que je voulais voir. La dame m'a dit : reste là bien tranquille et ne bouge pas.

À midi même Lupita accompagna Irma. La dame venait de se lever et était en robe de chambre. Elles allèrent chercher les cigarettes et se partagèrent le pourboire. Vous nous laissez regarder danser ? Ne commence pas à cancaner, blondinette, ou je ne te laisse plus jamais revenir ; qui est cette petite ? Lupita, ma meilleure amie. Attention, allez dire que vous venez ici et jamais, jamais plus je ne vous permettrai d'entrer.

Toutes les filles étaient là. María de Jesús s'approcha d'Irma. Elle lui caressa les cheveux et lui dit : salut, blondinette. Irma resta fascinée : elle l'admirait parce qu'elle était la plus jolie, celle qui dansait le plus. Tous les hommes la demandaient. Voyons, vous, les deux gamines ! cria la dame, asseyez-vous et restez tranquilles. Elles obéirent en riant. Elles s'assirent sur des chaises paillées et de là elles virent arriver les messieurs. Le bal commença. Elles marquaient le rythme de leurs jambes, leurs pieds touchant à peine le sol. La dame était très contente. María de Jesús n'arrêtait pas de danser. Au moment le plus animé, la dame s'approcha d'Irma :

— Ça te ferait plaisir de danser ? lui dit-elle avec une haleine aigre et douceâtre.

— Et pas moi ? intervint Lupita. Toi, attends ; il y a un monsieur qui veut danser avec Irma. De l'œil la dame fit signe à un homme. Irma ne lui prêta aucune attention. Elle se leva et fit comme si son cavalier ne portait pas une chemise sale, qu'il ne sentait pas la sueur, qu'il n'était pas vieux et court sur pattes, chauve et affublé de lunettes d'écailles. On lui enlaça la taille : elle glissa sur le dallage, suivant la musique, inlassable, resplendissante, s'égarant parmi les ombres, les cendres, la musique, les rires, María de Jesús, et les autres femmes.

DANS LE NOIR

À E. Y.

Angela sort de chez son père, décidée à quitter Zitilchén pour toujours. Elle traîne deux lourdes valises le long d'une rue interminable, pleine de pierres et non pavée, qui débouche sur la place du village. À mesure qu'elle avance elle se rappelle ce samedi d'octobre où elle avait vu l'agglomération pour la première fois : c'était par une nuit tapissée d'étoiles ; la lune se levait, immense, ambrée, entourée d'un vaste halo de couleur. La plupart des gens marchaient autour de la place ; d'autres formaient de petits groupes, où l'on parlait. Des visages arrondis s'arrêtaient un instant pour regarder. Il y avait de tout : des paysans et des apiculteurs qui descendaient du maquis jusqu'aux familles Amaro, Baqueiro et Carpizu qui venaient de Mérida et de Campeche passer le week-end à Zitilchén. En dépit de leurs différences, ils avaient tous l'air dispos, sortant du bain, élégamment vêtus : les hommes portaient la chemise sur le pantalon, les femmes des robes simples, de belle allure, d'une seule pièce. Les jeunes rient en se tapant sur l'épaule, ils échangeaient des saluts fugaces, rapides, tandis que les vieux observaient, assis sur les bancs du parc ou sur les chaises disposées devant le seuil de leur maison. Accompagnant la musique qui annonçait la séance de cinéma, un murmure submergeait l'ambiance festive du samedi au village. Dans le café des arcades, près de la gare routière, les hommes riaient et jouaient aux dominos. Cris, fiches, havanes. La musique s'interrompait par intermittence et une voix annonçait le film : « Évitez la cohue, le cinéma Peón Contreras vous invite à assister à... » Par-delà l'effervescence de la place, on distinguait les grilles du parvis et, au fond, les tours de l'église, planes, grossières, sans relief.

Dès son arrivée, Angela avait attiré l'attention, bien qu'elle fût trop svelte pour les goûts de ces gens : des hommes simples, avec une conception unique de ce que doit être une femme. Ils avaient été attirés par son visage sobre, aux yeux châtain clair, légèrement enfoncés, transparents, à la forme en amande bien dessinée ; par son nez long et ses lèvres subtilement gonflées qui soudain laissaient échapper un doux sourire mélancolique comme une fleur de *Xtabentún*. Angela avait quitté précipitamment Mexico par l'avion de huit heures. Elle s'arrêta à Veracruz, à Ciudad del Carmen et finalement elle arriva à Campeche vers trois heures de l'après-midi. À l'aéroport elle prit un taxi qui la conduisit en ville, à la gare routière. Elle mangea un morceau et elle attendit le prochain départ pour Zitilchén, sur le coup de cinq heures du soir.

En arrivant à Zitilchén, elle avait cherché son père du regard, scrutant les visages des gens qui ne cessaient de la regarder – peut-être à cause de sa minijupe – et embrassant l'ensemble du village. Il avait prévu de l'attendre là. Angela n'avait vu son père que de façon sporadique ; la dernière fois remontait à trois ou quatre ans. Elle choisit de s'asseoir à une des tables du café pour l'attendre. Entourée de toutes sortes de vendeurs ambulants – des enfants et des métisses en majorité –, elle s'amusa à écouter la curieuse rengaine de l'un d'eux, qui criait : « Ta-cos, à l'œuf ! Ta-cos, à l'œuf ! » Quelqu'un lui toucha le dos.

— *Angela, c'est toi ? Comme tu as changé ! Comment te sens-tu ? Ta mère m'a envoyé un télégramme pour me prévenir de ton arrivée. Je l'ai aussitôt appelée au téléphone pour savoir ce qui se passait. Raconte-moi, que t'est-il arrivé ?*

— Je vais bien, papa, je vais bien. L'armée est entrée dans l'Université, elle a attaqué l'Institut polytechnique, les soldats sont partis lundi, mais hier il y a eu une tuerie abominable. On arrête les étudiants en masse. J'ai eu peur.

— Du calme, du calme, ne t'inquiète pas. Ici tu seras bien, tu vas voir. Personne ne viendra nous ennuyer. Viens, on rentre à la maison.

Dans le noir, personne ne bougeait. Depuis la terrasse, face à l'école de Commerce, on voyait l'esplanade semblable à un petit bois, occupée par une armée prête à partir au combat. Les brasiers resplendissaient dans la nuit. Au loin on pouvait distinguer la faculté de Médecine ; au-delà se trouvait le bâtiment du rectorat, qui semblait mort, à l'exception de feux rouges qui ne cessaient de clignoter comme des imbéciles. La bibliothèque formait une masse noire sur un fond plus noir encore. Réunis autour d'un feu de camp, plusieurs soldats s'efforçaient de se réchauffer les mains avec des gestes comiques. Deux d'entre eux, avec leurs uniformes verts et le fusil à l'épaule, faisaient mine de monter la garde. Un officier donnait des instructions çà et là. Arturo, Chano et Angela les observaient, immobiles, depuis un bâtiment contigu à l'université. Chano, grand et corpulent, fut incapable de se retenir et, plaçant ses mains autour de sa bouche, il cria :

— Soldats ! son cri produisit un écho qui se prolongea dans l'air environnant : *oldats !* Écoutez ! : *coutez*... C'est votre peuple que vous massacrez ! : *sacrez* ! Vous êtes plus des victimes que nous ! : *nous* ! Unissez-vous ! : *sezvous* !

— Ne vous planquez pas dans le noir ! répondit un officier. Dégonflés !

— Je me planque dans ta putain de mère ! répondit Chano, les veines du cou dilatées et le visage cramoisi. L'air répéta : *mère !*

Ils étaient tout près et ils parvinrent à entendre l'ordre de l'officier. Arturo tira Angela vers lui et, s'adressant à Chano, il lui dit :

— Allons-nous-en, ils vont rappliquer.

Ils se faufilèrent en toute hâte parmi les citernes et se dirigèrent vers une des pièces de service. Arturo ouvrit la porte métallique. Ils entrèrent : d'abord Angela, puis Arturo et enfin Chano qui, sur ses gardes, observait la porte de la terrasse.

— Ferme, mets le cadenas et allongez-vous par terre, dit Arturo près du mur, tandis qu'il éteignait la lumière.

Étendus sur le dallage froid, collés au mur, ils attendirent. Arturo glissa à l'oreille d'Angela :

— Tu vois maintenant pourquoi je ne veux pas que tu viennes avec moi.

Angela, tremblant de peur, lui dit d'une voix presque imperceptible : « Pour le meilleur et pour le pire », et elle l'étreignit. Ils entendirent les bottes des soldats qui montaient les escaliers, en faisant tinter leurs équipements, tac-tac-tac.

— Ils étaient là ! La voix d'un officier résonna sur la terrasse. Cherchez-les !

On entendit les pas des soldats qui se dispersaient. L'un d'eux donna un coup dans les réservoirs de gaz, produisant un son vibratoire qui se prolongea quelques instants. Eux gardaient le silence, immobiles, allongés sur le sol. Trois coups de crosse résonnèrent sur la porte de métal.

— Ouvrez ! On sait que vous êtes là ! Trouillards !

Angela étreignit Arturo et retint sa respiration. On entendait le piétinement des bottes des soldats sur le ciment et encore des coups de crosse sur les portes des autres pièces de service. L'officier donna un ordre au loin et les soldats descendirent dans le désordre.

— Ne bougez pas, dit Arturo. C'est peut-être un piège.

Les deux jeunes hommes et Angela restèrent à leur place. Puis ils entendirent les sanglots lointains d'une femme qui répétait : « Ne les emmenez pas ! Ils n'ont rien fait ! »

La maison de son père lui parut plus grande qu'elle ne s'y attendait. Depuis la rue, on voyait deux hautes et vastes portes de couleur marron, anciennes et un peu vermoulues. L'une d'elles donnait sur un petit salon, de taille évidemment réduite par rapport à l'original, qui ne contenait qu'une paire de fauteuils à bascule et un sofa de bois. La maison n'avait qu'un seul étage. Pendant que son père allait chercher son épouse, elle s'amusa à observer deux petits tableaux accrochés au mur. L'un montrait les différentes phases de l'existence chez l'homme et l'autre chez la femme, sur une période de quatre-vingt-dix ans. La vie était ainsi représentée comme une pyramide échelonnée. Chaque niveau embrassait une période de dix ans et chacun d'eux comportait une illustration renvoyant à l'âge correspondant, avec, comme légende, un petit dicton simple et maladroitement rimé : « Entre vingt et trente ans femme et foyer vont se posant. »

Sur le côté gauche du salon se trouvait la chambre qu'on lui avait attribuée et qu'auparavant occupait Rafael – on le surnommait Rach – l'aîné de ses demi-frères. La chambre donnait sur la rue – cette même rue non pavée qu'elle parcourait maintenant – par le biais d'une énorme fenêtre grillagée de type colonial. Un hamac rose avec sa moustiquaire y avait été pendu au cas où, à cause de la chaleur, elle préférerait y dormir plutôt que dans le seul lit de la maison. Derrière le salon, un vaste espace abritait la salle à manger terminée par des arcades qui donnaient sur une immense cour pleine de broussailles, bordée à une de ses extrémités par un poulailler. Sur un côté de la salle à manger on trouvait la salle de bains et sur l'autre, la cuisine, obscure, rustique, qui exhalait une forte odeur d'orange et de cacao.

L'autre porte de la rue conduisait directement à la chambre qu'occupaient son père et son épouse. Contiguë à cette chambre il y avait celle d'Enrique, son autre demi-frère, le cadet, qui – elle l'apprit plus tard – partagerait son domaine avec Rach tant qu'elle habiterait là. Amira, la cousine germaine de son père, et à présent son épouse, était grande, grosse, avec des cheveux blancs. Elle avait approximativement le même âge que sa propre mère mais elle n'était pas belle.

Le bâtiment était rempli d'étudiants. Les soldats frappèrent à la porte de tous les appartements et finirent par emmener deux jeunes qui leur semblèrent clairement suspects : ils avaient les cheveux longs. L'un étudiait l'économie, l'autre l'architecture. Du bâtiment où ils habitaient on les conduisit, les mains en l'air, à l'école de Commerce de l'université, à coups de crosse. On les laissa devant le capitaine, un homme brun, de petite taille et à la moustache fournie, flanqué de deux soldats. À leur arrivée, l'officier enleva son casque et son ceinturon, et il ordonna à l'un d'eux, le plus grand, de s'approcher.

— Dis-moi, toi, la grande perche, lui dit-il sur un ton de défi, répète ce que tu m'as crié il y a un instant.

— Je n'ai rien dit, répondit le jeune, sérieusement.

Le capitaine lui assena une gifle. Le jeune ne broncha pas. Il regardait le plancher.

— Allez, salopard, ne te dégonfle pas, lui dit le capitaine qui fléchit les jambes et se mit en garde, brandissant les poings, je ne suis pas armé et mes hommes n'interviendront pas.

Le jeune resta à sa place, la tête basse.

— Trouillard, la grande perche, dit le capitaine en se redressant. Il s'approcha et lui toucha le visage.

D'un revers de main, le jeune fit cesser les attouchements du capitaine. Un des soldats le frappa par surprise d'un coup dans les testicules qui le laissa étendu sur le sol.

— Viens là, toi, dit-il en s'adressant à l'autre étudiant. Approche-toi pour voir si tu te conduis un peu plus en homme.

Le jeune s'approcha prudemment. Par surprise le capitaine lui décocha un coup dans le creux de l'estomac qui lui coupa le souffle. Il l'attrapa par les cheveux et lui donna un coup de genou dans le menton. Le jeune tomba à côté de son compagnon.

— Emmenez-les, ordonna le capitaine en remettant son ceinturon. Ça leur apprendra à se montrer patriotes et à avoir plus de respect pour les soldats. Ah, ajouta-t-il, et coupez-leur ces foutues tignasses.

(Ce n'est pas que je veuille me justifier à tes yeux, mais je crois que je dois t'expliquer... C'était, attends un peu... en mille neuf cent cinquante. J'ai quitté mon village pour le District fédéral avec l'intention de faire fortune ; j'étais jeune et comme tout bon Carpizu, j'étais également ambitieux. J'avais dix-huit ans. J'ai quitté ma famille, l'exploitation de sisal où je travaillais avec mon père et Amira, qui alors était ma fiancée, pour améliorer mon sort.

J'ai commencé par travailler chez un notaire. C'était un travail ardu et fastidieux, auquel je ne m'habituais pas. Tu peux imaginer... de sept heures du matin à sept heures du soir à transcrire des actes sur des registres volumineux. Ce qui me pesait le plus c'était d'être enfermé toute la journée ; moi qui avais passé mon enfance et mon adolescence à l'air libre, au milieu des bois de sapotiers, des abeilles, des poules et des zébus, des champs de maïs et des feuilles d'agave.

À sept heures, quand je sortais, je me réfugiais dans le petit appartement du quartier San Rafael que je partageais avec un groupe de gars de Campeche et du Yucatán qui, comme moi, se retrouvaient dans la grande ville, les uns pour travailler, les autres pour étudier, mais tous pour chercher à se sortir de la mouise. Face au climat hostile de la ville et au poids écrasant du travail, nous dépensions l'essentiel de nos salaires dans des bouges mal famés. On finissait souvent la nuit en errant dans les rues, dans l'espoir d'un verre de rhum, d'un tour de piste avec une entraîneuse. On mangeait dans des cafés chinois ou dans des gargotes de bas étage. De temps en temps, on cherchait à se faire inviter par un parent quelconque. Sauf que ces mêmes proches, effrayés par la régularité de nos visites et par notre voracité, devenaient évasifs et fuyants, et nous refusaient peu à peu l'accès à leur domicile. Mais le samedi précédant la première quinzaine du mois, on faisait bourse commune et on cuisinait du porc aux haricots ; on buvait comme des trous jusqu'au petit matin, en chantant des chansons yucatèques, ivres d'angoisse et de nostalgie.)

En parcourant ce même trajet, Angela se rappelle comment l'accent de son père s'était communiqué à celui de sa femme et de là à tout le village pour finir par la contaminer elle aussi. Ses bagages l'obligent à marcher lentement. Elle a très peu progressé. Ses mains sont exsangues. Vaincue par le poids, elle dépose ses valises sur le bas-côté pour se reposer. Elle étend les bras et empoigne ses mains. Dans cette rue longue et non pavée, elle reprend ses bagages, prête à poursuivre sa route. À chaque pas elle reçoit un léger coup sur le flanc de ses jambes, ce qui rend son déplacement pesant et douloureux. Elle sent un regard. Elle se retourne. Ce sont les yeux fixes et vaporeux de la tante Estela, qu'elle braque sur elle depuis sa chaise roulante. Souvent, le soir, Angela l'avait emmenée au parc, sur la place ou sur le boulevard pour que sa vue se repose de l'éternel spectacle de la rue sordide et solitaire où elle habitait. La tante Estela passait des journées entières et une bonne partie de la nuit à regarder. Elle aimait voir les métisses qui déambulaient avec, sur la tête, leurs cuvettes pleines de pâte de maïs ; les enfants qui batifolaient ; les hommes qui partaient vers le maquis. On la saluait respectueusement. Elle descendait des Negrón et avait épousé un Carpizu. Une embolie avait paralysé la moitié de son corps et lui avait coupé la parole. Son existence s'était ainsi réorganisée autour des sens de la vue et de l'ouïe. La vie comme contemplation. Elle dormait très peu et ses yeux, maintenant habitués à regarder tant et plus, avaient pris la profondeur de ceux d'un oiseau nocturne, avec la même touche de sagesse et de mépris. Souvent, le soir, en effet, elle avait parlé à sa tante comme si elle s'était adressée à un confesseur ou à un psychanalyste, si tant est qu'elle eût fait confiance à l'un d'entre eux. Les yeux vides de la tante Estela, verts (héritage des Negrón), et aujourd'hui usés, l'avaient observée, au milieu de cet autre vert, sombre et touffu, des lauriers du boulevard, dans la sempiternelle atmosphère solitaire et étouffante des soirées de Zitilchén. Angela s'asseyait en face d'elle sur un des bancs en ciment et elle lui parlait, s'efforçant de déceler un éclair d'affection ou de sympathie, de colère ou de complaisance quand elle lui racontait son passé : « À l'université j'ai fait la connaissance d'un groupe de garçons. Le courant est passé et je les ai rejoints. On projetait des films au ciné-club, on organisait des fêtes, on montait des tables rondes ou des choses dans le genre. Quand le Mouvement a débuté, on a changé nos activités. On passait notre temps à faire des collectes pour défendre la lutte, à rédiger des tracts, à les distribuer, à taguer les murs et à monter la garde à l'école, jusqu'à ce qu'arrive cette vague de répression et qu'on arrête de nombreux camarades. Parmi eux se trouvait Arturo. L'épreuve a été très douloureuse et très humiliante. »

Ou de ses impressions à Zitilchén :

« Amira me traite comme si j'étais sa propre fille ; chaque matin elle me demande ce que je souhaite manger ; à cinq heures de l'après-midi elle me fait chauffer plusieurs seaux d'eau pour que je puisse prendre un bain ; le soir, elle me tend mon hamac et arrange la moustiquaire. Papa a parlé avec une de ses parentes, Aidita, la directrice de l'école primaire, pour que je puisse donner des cours le matin ; sinon, tu imagines l'ennui ; toute la journée sans rien faire. »

« Rach et Enrique sont du tonnerre. Au début, Rach m'a paru rébarbatif et moche. Mais c'est une bonne personne, il est très travailleur. Le lundi, au petit matin, il part pour les scieries et les ruchers qu'il possède à San Benigno. Il passe trois ou quatre jours là-bas et il revient fatigué et mal en point. Le lendemain, il dort tard et se rend au Ramal ou au Cometa boire de la bière avec ses employés. Il m'a présenté à tous les cousins qu'il m'aurait été difficile de connaître autrement. Ils sont si nombreux. Maintenant je les accompagne dans les randonnées qu'ils organisent dans les résidences ou les grands domaines à la campagne. Certains week-ends, nous allons danser au « Tulipanes » ou au « Baluartes » à Mérida ou à Campeche. Ils débordent de bonne humeur. Enrique ne me quitte pas. On va ensemble acheter des fruits au marché ou des gâteaux à la boutique des Alpuche, et le soir je vais avec lui ou avec Rach rendre visite à la famille, assister à une séance de cinéma ou bien bavarder dans le parc. »

Elle ne bougeait pas mais elle sentit la brise bercer son hamac et la rafraîchir. Les battements de son cœur s'étaient accélérés et parmi les bruits émanant de la nuit – le chant des grillons, le craquement du bois, le crépitement des feuilles et la respiration de ceux qui dormaient –, elle parvint à saisir quelques éclats de silence au moment où elle recevait sur le visage la lumière de la pleine lune. Elle s'était perdue dans ses rêves, et au réveil elle sentit son corps engourdi : surtout les mains. Elle ouvrit les yeux et constata avec horreur que la pièce commençait à se remplir d'une vapeur rouge qui se dissipa peu à peu jusqu'à disparaître. Elle tourna sur elle-même et regarda la fenêtre. Les battements et les pulsations de son cœur résonnèrent dans ses oreilles. Son regard franchit les barreaux de bois de la fenêtre et elle vit un astre dont elle supposa qu'il s'agissait de Vénus, tant il étincelait dans la nuit.

Elle traverse la boutique de fortune des Muñoz. Ils devraient être sur le point de fermer puisqu'ils ne voient venir aucun de leurs rares clients qui se contentaient de leur acheter des tablettes de chocolat et des corossols au sirop. Don Pepe Muñoz somnole sur son comptoir et ne la voit même pas passer. Ils avaient devisé bien des soirs dans la boutique tandis que les chauves-souris maraudaient autour de la lampe blafarde éclairant le cagibi déprimant qui servait de boutique. Et comment oublier la nuit où Don Pepe fit venir un chat :

— Fais bien attention à ce qui va se passer, dit-il tout en déposant l'animal par terre.

Le félin, tranquille, avait commencé à suivre des yeux la chauve-souris qui voletait autour de l'ampoule. Sans bouger de sa place, le chat attira la chauve-souris en la fixant du regard jusqu'à ce que, inexplicablement, elle commence à perdre de la hauteur dans une spirale tragique qui la conduisit dans ses griffes.

Elle avait envie de pleurer mais quelque chose l'en empêchait : la peur ; ce genre de peur qui bloque même sa propre manifestation. Arturo s'était opposé à ce qu'elle l'accompagne. Angela insista :

— Souviens-toi de ce qui nous est arrivé l'autre jour en face de l'université.

— Maintenant c'est différent. Cette fois-là c'est nous qui avions provoqué. Aujourd'hui c'est simplement un meeting.

— Le gouvernement est paniqué : n'importe quoi peut arriver. Ils sont prêts à tout.

— Je ne crois pas qu'ils se risquent à faire quoi que ce soit. Il y a un tas de représentants de la presse internationale ; ce serait un discrédit énorme.

— Tu ne les connais pas : de vrais fils de pute. On est un pays d'indifférents, d'amnésiques, de minables.

Ce même soir elle avait vu tomber plusieurs jeunes atteints par les balles. Quand les premiers tirs résonnèrent, la confusion fut totale. Elle resta tétanisée jusqu'à ce que Chano la tire et la traîne à l'endroit où elle se trouvait maintenant : une fois de plus, allongés sur le sol, dans un appartement d'un couple de vieilles femmes, chez qui ils avaient frappé par hasard, désespérés, avec insistance. Les deux braves femmes les prirent en pitié et les laissèrent entrer. Quelle ne fut pas leur surprise en découvrant la maison remplie de jeunes allongés sur le sol. On les conduisit, Chano et elle, dans une des chambres imprégnées de l'odeur de vieux qui caractérise les appartements des gens âgés. Peu à peu, au fur et à mesure que le nombre d'étudiants croissait, cette odeur se dissipa et fut remplacée par celle de la sueur et de la boue, des corps exhalant la colère, l'angoisse, l'impuissance et le silence. Les jeunes étendus par terre s'étalaient maintenant jusque dans le salon. On ne distinguait un vide que devant la porte. Les deux petites vieilles étaient elles aussi allongées et se réconfortaient mutuellement. On avait continué à frapper à la porte, mais elles avaient refusé d'ouvrir. La maison était bondée d'étudiants dispersés sur le sol. Les voix suppliantes avaient dû chercher un autre refuge ou simplement se livrer aux soldats, aux CRS ou aux policiers. Il était presque huit heures du soir et les tirs ne cessaient pas. Les ambulances et les paniers à salade se croisaient, peuplant de reflets rouges leur honteux et tragique silence.

(Une année plus tard, avec un peu d'argent que j'avais économisé et une somme que mon père m'avait envoyée depuis Zitilchén, j'ai pu m'acheter un vieux tacot. C'était une Studebaker quarante, je m'en souviens encore. Je changeai de travail et devins représentant pour un laboratoire médical.

Je préférais définitivement les voyages incessants aux journées accablantes face à un bureau. Je me rendais à Puebla, à Oaxaca et dans le Chiapas. C'est à Puebla que j'ai connu ta mère et, très peu de temps après, je l'ai épousée. Je ne supportais plus de vivre seul. Très vite, tu es venue au monde et j'ai dû travailler davantage, et plus dur. J'ai pris du galon et on m'a confié la région du Sud-Est, ce qui m'a donné l'occasion de revenir au village, après des années d'absence. En réalité, rien n'avait changé ; ou presque rien ; la simplicité et la vie détendue continuaient à être le signe distinctif de Zitilchén. La gomme à mâcher s'était effondrée, mais mes frères avaient gagné plus d'argent en un an que tout ce que j'avais gagné moi-même au cours de mon séjour à Mexico. Et sans effort excessif. Un seul de mes cousins, Flavio, avait fait faillite, entraînant avec lui toute sa famille. Mon frère Daniel n'était pas riche, mais il avait loué le cinéma à un des oncles et il l'aidait à gérer la fabrique de glace et le moulin à maïs. Il était moins dans le besoin que moi.

Quand je passai par Zitilchén la première fois après si longtemps, je restai presque une semaine dans le village. J'invitai chaque jour mes frères et tous mes cousins à se soûler avec moi sans les laisser débourser un seul centime. Je revis Amira, dont j'avais été amoureux, imitant en cela mes oncles et mes grands-parents, qui, génération après génération, s'étaient mariés entre eux. Au cours des années que j'avais passées à Mexico, j'avais cru avoir réussi à l'oublier. Mais non, un sentiment reprit vie en moi quand je me retrouvai au village, face à elle.)

Elle passe au large, mortifiée, et elle sent les yeux de sa tante Estela dans son dos. Aura-t-elle entendu les coups de feu ? Leurs interminables conversations, égrenées au long des soirées sordides de Zitilchén, éveillent en elle un souffle d'espoir, de compréhension, et elle cherche refuge dans la tendresse occulte de sa tante.

« Aujourd'hui je suis allée avec Rach jusqu'à la ferme de Ocuchil. Elle est très belle. Il m'a emmenée voir comment on plante l'agave. Ensuite on est allés jusqu'à la pièce d'eau proche de Holcatzín. Au retour, on est passés par l'endroit où jadis on distillait le rhum. L'abandon et le dénuement du lieu m'ont semblé magnifiques. On y trouve encore les alambics, les récipients et la tuyauterie originale. On bavardait quand est entré Quintín, le filleul du grand-père, et il nous a raconté une histoire que tu dois connaître mais qui m'a profondément impressionnée. Peut-être parce qu'il l'a racontée à propos de mes activités au village en tant qu'institutrice.

« Quintín rappelait qu'il y a plus de trente ans, il est possible que tu t'en souviennes, un groupe d'instituteurs tenta d'organiser les paysans contre les Carpizu, les Negrón, les Amaro et autres propriétaires du village. Il semble qu'ils n'étaient qu'une poignée, cinq ou six, qui visitaient les champs de sisal et les exploitations les plus importantes. Ils invitaient les paysans à se réunir après le travail dans l'école où les instituteurs les instruisaient sur la façon de se regrouper contre les patrons. Quintín précisait qu'une des institutrices avait été chargée de la mobilisation à Holcatzín. Au début, les paysans la trouvèrent sympathique : qu'une femme tente de les soulever apparaissait comme une nouveauté. Sauf que quand certains s'aperçurent qu'elle était plus convaincante qu'elle ne le paraissait, ils commencèrent à tenter de la dissuader : «Ne vous mêlez pas de ça, lui disaient-ils, consacrez-vous à vos cours. » Et elle répondait : « Mais je ne fais de tort à personne. On se contente de parler. Est-ce que par hasard vous auriez peur des propos d'une femme ? »

Elle continua de se rendre à Hocaltzín et elle commença à faire connaissance avec les paysans. Pour gagner leur confiance elle accepta un soir de se réunir avec eux dans la distillerie. On parla, on la fit parler. On sortit les bouteilles. On but. Elle accepta ; de bonne grâce, au début. Mais quand elle voulut refuser, il était trop tard. Quelqu'un l'avait attrapée par les épaules et, en pressant la bouteille contre ses lèvres, on l'avait forcée à continuer à boire. On la retrouva toute nue sur la route, hagarde, répétant sans cesse : «Dites donc, elle n'est pas aussi mince qu'elle en a l'air ». »

Reste là où tu es. Arrête-toi. Son corps était tourné vers la nuit. Soudain, brusquement, le réduit obscur s'emplit d'une couleur luxuriante et agréable. Elle sentit l'inquiétude monter et elle se rappela la sensation éprouvée lors de ses premières nuits au village quand, de bon matin, dans les brumes du sommeil, elle entendait passer les charrettes à grand fracas, ou quand elle percevait les cris perçants des porcs prêts à être sacrifiés, ce qui lui procurait d'extravagants cauchemars. Elle se réveillait en sursaut, douloureusement, avant de se reconnaître et d'identifier l'endroit où elle se trouvait : « Me voilà, dans une autre vie, au milieu d'autres gens », se disait-elle à elle-même en espérant retrouver le sommeil. Elle pressentit une ombre et, la paupière lourde, elle se laissa caresser par la brise nocturne qui la frôla doucement, subtilement.

« Le vol du bourdon », annonçant la séance de cinéma, résonna dans l'air limpide de la place. Angela entr'aperçoit une partie de l'église modestement illuminée, et elle se rappelle le nombre infini de soirs où elle est passée par là. Le jeudi elle allait jouer à la loterie avec Amira ou avec l'un de ses demi-frères.

— *Angela, mange quelque chose. Tu ne veux pas un flan ?*

— *Si vous m'accompagnez, pourquoi pas ?*

— *Allez, mange, toi tu es jeune et mince. Regarde-moi un peu. En plus, maintenant, chaque fois que je mange beaucoup, je fais des cauchemars. Comme il y a eu des vols dans le village, l'autre nuit je me suis réveillée en criant à ton père : « On est en train de voler les poules. » Et ton pauvre père s'est réveillé, paniqué, il a pris son revolver et il est sorti dans la cour. Il ne s'est pas aperçu que je rêvais.*

Au fur et mesure qu'elle se rapproche, le désir de disparaître l'envahit. Elle voudrait éviter les visages et les regards. Le son presque imperceptible de ses valises qui viennent frapper ses jambes distrait son attention et elle s'arrête, une fois de plus, pour souffler. Elle aperçoit une partie de la place. Il y a déjà des gens assis à la porte de leur maison, « qui prennent le frais ». Elle reprend ses bagages et décide de marcher plus vite. La rue a un tracé pénible et elle n'aspire qu'à passer inaperçue.

— La peur est d'une laideur insupportable, murmura Chano comme s'il devinait ses pensées.

— Et Arturo ? demanda Angela à voix basse. Qu'est-ce qui a bien pu lui arriver ?

— Ne t'inquiète pas. Il sait se protéger. On ne pourrait pas le chercher au milieu de toute cette pagaille... Il était en haut parmi ceux qui allaient parler.

— Chut ! Quelqu'un les fit taire.

— Calme-toi, lui demanda Chano. Je ne crois pas qu'il arrive quoi que ce soit.

Elle perçut les battements du silence dans l'appartement. Comme s'il venait cogner méthodiquement contre ses tempes. C'était un silence artificiel, tissé d'horreur, coupé du bruit strident du dehors. Dans une grisaille noirâtre elle parvint à distinguer les corps allongés sur le sol comme autant de monticules absurdes. Personne ne parlait. Certains semblaient avoir du mal à respirer. Une sorte de sifflement sortait du nez de quelqu'un à côté d'elle. Ainsi c'était cela le côté sérieux de la vie : un entassement saugrenu dont on ne saurait s'échapper. Elle eut quelque difficulté à s'identifier, à se reconnaître. C'était comme si celle qui était là étendue était une autre femme, distincte de celle qui avait vécu son enfance et son adolescence. Ainsi va le monde, en vint-elle à penser. Comme une pièce obscure pleine de corps où certains respirent plus difficilement que d'autres. Certains émettent un léger sifflement en respirant et nous ne nous reconnaissons que quand nous nous retrouvons dans le noir, morts de peur, les uns contre les autres, réunis dans la plus abjecte des solitudes.

(Une des nombreuses nuits où je suis resté au village, je rentrais chez mon père. Il était dix heures passées et le générateur avait cessé de fonctionner. Je marchais seul. J'avais bu. Je décidai de faire un détour par la maison d'Amira. Je frappai à la porte de sa chambre, de façon discrète mais insistante. Elle dormait dans une des pièces de derrière, qui donnent sur la route de Campeche, tu vois où. En entendant le bruit à sa porte, elle se pencha à une des fenêtres et me prit à partie en me disant que j'étais fou et en me rappelant l'heure qu'il était. Je lui dis qu'il était minuit, que je le savais. Que pour moi c'était une heure étrange et merveilleuse parce que j'avais eu une envie irrépressible de la voir. Elle m'accusa d'être ivre et me demanda de partir, on pourrait parler un autre jour. Elle tenta de fermer la fenêtre mais je l'en empêchai. « Tu ne t'es vraiment aperçue de rien ? » lui dis-je. Et elle, baissant tristement les yeux, me répondit : « De quoi veux-tu que je m'aperçoive ? »)

[Samedi soir au Rotary Club. La salle est pleine de monde. Les tables, disposées le long des murs de la pièce, sont toutes occupées. Musique, vacarme. Un petit orchestre joue en face, sur une estrade. Les couples dansent avec entrain au centre de la salle.

Angela entre en compagnie d'Enrique, son demi-frère âgé de dix ans. Ils s'arrêtent sur le seuil. Ils cherchent des yeux et voient que d'une des tables un jeune homme lève le bras et s'identifie.

Angela et Enrique se dirigent vers la table. Ils s'assoient. Quelqu'un du groupe invite Angela à danser. Le couple rejoint un petit noyau de gens qui se connaissent et dansent entre eux.

Depuis sa table, Rach observe les danseurs.]

« Quand on s'est assis, un inconnu, un homme qui n'était pas de la région, s'approcha de la table. Il m'invita à danser. J'acceptai. À son tour, Rach choisit une des cousines. Pendant que nous dansions nos regards se croisèrent. Je lui adressai un sourire, qu'il ne me rendit pas. Je remarquai son regard méprisant. Quand la musique s'arrêta, mon partenaire m'invita à sa table. J'acceptai. Je dansai avec lui le reste de la soirée.

Plus tard, j'appris que quand les trois garçons étaient sortis du Club ils étaient tombés sur ceux de Zitilchén qui les attendaient. Il y eut du grabuge. On me raconta que Rach avait été le seul à se bagarrer avec celui qui m'avait invitée à danser. D'après ce qu'on me dit, Rach l'emporta de loin, bien qu'il fût plus petit. « Il s'est battu à la yucatèque, à coups de pied, tirant sa force d'on ne sait où », m'a-t-on expliqué par la suite. À moi, Rach ne fit aucun commentaire. »

(Je rentrai à Mexico et poursuivis ma vie normalement. Je voulus oublier cette fameuse nuit. Quand je passai par Zitilchén, six mois plus tard, j'entendis, sur le qui-vive, certaines rumeurs qui circulaient dans le village : Amira était enceinte.

Un lundi matin, je quittai comme d'habitude Mexico en direction de Villahermosa, dans ma voiture. Je déjeunai à Catemaco et un peu avant d'arriver à Ciudad del Carmen, je m'arrêtai pour aller voir des amis et je leur fis don de tous mes échantillons médicaux. De là jusqu'à la ville, pris d'un vent d'émancipation, je jetai par la fenêtre de ma voiture toute la publicité imprimée du laboratoire pour lequel je travaillais. Ne crois pas que je l'ai fait d'un seul coup, non. Je prenais quelques feuilles et je laissais le vent les emporter, les disperser et finalement les déposer au bord de la route. Ce soir-là je dormis à Ciudad del Carmen et je me reposai comme je ne l'avais pas fait depuis longtemps. J'arrivai à Zitilchén pour ne plus en repartir. J'écrivis à ta mère une longue lettre où j'expliquais tout ; je continuerais à subvenir à ses besoins, mais je ne reviendrais pas au laboratoire ni vivre à nouveau avec vous. Ce ne fut facile pour personne, je te l'assure. Ni pour ta mère, ni pour Amira, ni pour moi. J'imagine que pour toi non plus.)

[Angela, en chemise de nuit blanche, mange une orange dans la cuisine. Sans chaussures. Elle déambule distraitement dans la maison et en arrivant à une porte elle passe la tête. Quelqu'un dort dans un des hamacs… L'autre est vide. Angela s'approche, observe. Elle secoue légèrement le hamac par une de ses extrémités. *Rach, réveille-toi. Flemmard.* Il se réveille. S'étire. *Quelle heure est-il ? Très tard. Il va être dix heures. Lève-toi.* Elle tire sur le drap. Rach se couvre.

— *Sors,* avait-il dit, *va t'asseoir pour déjeuner, je te rejoins dans un moment.*

— *Flemmard. Lève-toi,* lui avait-elle répondu en tirant sur son drap. Il se recouvre.

— *Honte au flemmard,* lui avait-elle dit en le chatouillant pour qu'il lâche le drap. Il se retourne en riant dans le hamac. *Attends, attends.* Gagnée par son rire, Angela continue à le chatouiller : *Lève-toi, lève-toi,* répète-t-elle avec un rire nerveux, espiègle.]

Une immense détresse la submergea. Son corps alangui se laissait porter par l'oscillation du hamac. Elle entendit un craquement, des bruits, des pas. Elle entrouvrit les yeux et sentit son corps. Le frôlement chaleureux de mains la prit au dépourvu. Elle resta immobile, ferma les yeux, entrouvrit la bouche, sentit qu'elle tombait vers elle-même comme la feuille d'automne qui revient nonchalamment vers la terre. Les mains, désespérées, aveugles, la cherchèrent. Elle se laissa embrasser. Soudain elle vit deux yeux comme des braises incandescentes et elle entendit les détonations ; elle sentit le sang chaud mêlé à la sueur et à la salive, la chair languissante et la spirale de la chauve-souris, la brûlure dans la poitrine et les soldats tirant sur les étudiants et ses propres sanglots au milieu des cris et de la confusion nocturne.

Elle est devant la petite église illuminée. Elle tourne à droite en direction de la gare routière, près du cinéma. Elle traverse par le corridor verdoyant et toujours ouvert de la maison des Baqueiro. Elle regarde vers les extrémités de la place et reconnaît la résidence des Negrón et celle de l'oncle Leandro, le magasin de vêtements de l'Arménien, l'échoppe des Alpuche, la pharmacie de don Armando et elle ne peut empêcher les larmes de couler à nouveau librement sur ses joues.

Angela marche, les yeux fixés sur la gare routière. Il est près de huit heures et l'autocar ne va pas tarder. Les vendeurs partent en maraude. Elle attend debout. Enfin, deux phares apparaissent dans la rue principale qui débouche sur la route. Le bruit de l'autocar interfère avec le son des haut-parleurs du cinéma qu'elle a cessé d'écouter, tant elle est nerveuse. Quelques passagers descendent : personne de connu. Le contrôleur lui demande sa destination. On dirait une plaisanterie : « Mérida », finit-elle par répondre. Elle confirme et regarde comment on enregistre ses bagages. Le brouhaha des vendeurs revient comme un écho à travers le temps : « O-ran-ges su-crées. »

Le chauffeur boit un soda tandis qu'elle attend, concentrée, assise à sa place. Depuis la fenêtre elle parcourt le village et regarde les petits visages bruns aux yeux vifs et le parc avec ses paisibles labyrinthes bordés de fleurs et d'arbustes. Combien de fois le soir avait-elle hanté ces lieux. Parfois elle était accompagnée de Rach pour aller jouer au loto et quand il y avait un film qu'elle avait envie de voir ils allaient au cinéma et revenaient à la hâte avant que ne sonnent dix heures, heure à laquelle le village était plongé dans le noir. Une année. Elle s'était habituée aux gens, à leur ironie, aux bains de l'après-midi et à se pomponner chaque soir. « Le vol du bourdon » la tire de ses méditations. Les gens continuent à se rassembler sur la place. Le chauffeur met en marche le moteur qui déclenche un bruit puissant et saccadé. Angela sait qu'une fois partie d'ici, son prénom restera attaché à l'inconnue d'une nuit mouvementée à Zitilchén. Comme elle avait pleuré pendant qu'on l'emmenait, perdant son sang, chez le médecin, tout en entendant la voix confuse et angoissée de son père qui répétait *tout cela n' qu'un accident, ne t'inquiète pas Rach, tu vas récupérer*, et ensuite, se retournant vers elle, il l'interpellait : *je ne sais pas comment vous avez osé me faire ça...*

L'autocar démarre, parcourt la moitié de la place et emprunte la rue qui conduit à la route de Mérida. Il dépasse le télégraphe, le Rotary Club, la station-service, les dernières cahutes de paille, blanches et fragiles, avant de se perdre dans la partie sombre de la route.

LE LEGS

À mes parents

De blanches maisons de torchis disséminées le long des chemins, parmi les tamaris, les orangeraies et les flamboyants, annoncent l'arrivée imminente à Zitilchén. À mesure que l'on pénètre dans le village, on aperçoit les premières demeures construites en dur. Cependant, on n'éprouve la sensation d'être à Zitilchén qu'une fois dépassée la station-service, face au « Ramal ». Contigu au bistrot se trouve le bureau de poste. Plus loin on découvre la mairie. En face il y a un petit parc orné de plantes et de fleurs, avec des bancs en ciment pour les amoureux et des puits qui renvoient au nom du village. À côté, deux terrains de basket-ball : un groupe de jeunes lance périodiquement un ballon dans un concert de cris et de bousculades. Au fond se déploie une immense esplanade couverte d'herbes folles et, à une de ses extrémités, longeant l'église avec son vaste parvis entouré de murailles, s'élève l'ancien couvent, aujourd'hui transformé en école, festonné d'arcades amples et fraîches. L'horloge de la tour, lente et misérable, compte les minutes de vie du village et contemple avec indifférence la place dont trois côtés attirent l'attention en raison des fastueux vestiges des résidences qui les occupent : ce sont les demeures des Amaro, des Negrón et des Baqueiro. Le côté restant du carré est occupé par les billards, la boutique des Alpuche, la pharmacie et le marché. Une voiture contourne une moitié de la place et s'arrête devant la résidence des Baqueiro. Il est midi, un vendredi de décembre.

Un homme seul descend du véhicule. Il s'agit du docteur Indalecio Baqueiro. Il est arrivé à Zitilchén pour la célébration des fêtes de fin d'année qui doivent commencer le dimanche.

Baqueiro franchit le seuil de la maison de ses parents et se rappelle qu'à son grand regret la moitié exactement en a été louée au service municipal qui à présent s'occupe du fonctionnement du générateur de Zitilchén. Sa mère et la famille de l'un de ses frères se partagent le reste de cette grande maison qui leur appartenait depuis bien des générations. Jadis cette même demeure avait accueilli plusieurs familles – de ses frères ou de ses oncles – en attendant que chacun se soit fait construire sa propre demeure.

Son grand-père avait amené la lumière à Zitilchén alors qu'aucun des villages aux alentours n'avait l'électricité. Son père poursuivit l'œuvre initiée par le grand-père. Il installa une fabrique de glaces, une boutique où l'on vendait des cornets de glace et il inaugura le cinéma Peón Contreras[10]. Mais les enfants de ces hommes qui avaient infusé la vie au village avaient peu à peu émigré à Mérida, à Campeche, et même à Mexico en quête d'une illusoire prospérité.

— Salut, dit Baqueiro à voix haute. Il n'y a personne à la maison ? Sa belle-sœur sort de sa chambre.

— Indalecio ! dit-elle affectueusement. Je vais prévenir ta mère que tu es là.

Sa mère arrive et le prend dans ses bras. Baqueiro sent son parfum mêlé à la poudre de riz et pendant un instant il retombe en enfance, à une époque où le village jouissait d'une prospérité telle que des pièces d'argent jonchaient le sol des principales

10. José Peón y Contreras (1843-1907), médecin, auteur dramatique et poète natif du Yucatán (N.d.T.).

demeures sans que personne ne s'en soucie. Ceux qui n'avaient ni où ni de quoi manger accouraient chez lui et faisaient la queue pour le déjeuner. Le visage blanchâtre de sa mère, dont les yeux éteints reflétaient à grand-peine la lumière qui filtrait à travers les arcades de la salle à manger, le ramène à la réalité. Ils bavardent. Sa belle-sœur lui confie que son beau-père est malade. Avant de déjeuner Baqueiro décide de rendre visite à Leandro Amaro.

Il sort vers la place. L'air est léger, chaud, immobile. Il se sent cerné par le temps, le souvenir. Ses premiers voyages à Mérida duraient deux ou trois jours. On les emmenait, son frère Flavio et lui, à cheval ou en voiture – dans la Ford « T » que le grand-père leur avait offerte – jusqu'à Hecelchacán. Là ils prenaient le train jusqu'à Mérida. Pendant ses années d'études, il attendait avec impatience les jours de congé pour revenir au village. Pour voir Clara, sa fiancée de l'époque. Clara n'avait jamais été belle. Elle n'était même plus très jeune. Mais elle avait exercé sur lui une fascination impossible à tempérer, qui, par un curieux privilège, avait duré jusqu'à la fin de ses études. Cet état d'esprit de sa jeunesse – étroitement lié à sa passion pour Clara – renaissait à chacun de ses séjours à Zitilchén. Ce n'était pas seulement le souvenir. C'était un halo de mystère, de joie intense et secrète qui perdurait bien que Clara fût aujourd'hui décédée. Il traverse le parc, longe la boutique des Alpuche, le marché. En s'approchant de la maison de son beau-père, la seule à deux étages, avec ses grandes fenêtres aux grilles de fer forgé et ses portails de bois, son balcon donnant sur la place, il voit miroiter un petit panneau qui le blesse profondément : « À vendre », dit la pancarte, « À vendre ».

Il pénètre dans la vaste maison au sol recouvert de frais carrelages italiens décorés de grecques et aux murs à la blancheur éclatante. Il traverse un, deux, trois parapets et il découvre don

Leandro, solitaire, sur une chaise : massif, chenu, pensif, vêtu de blanc. Lucide malgré son âge, don Leandro avait été le seul des frères Amaro à amasser une petite fortune. À présent il était devenu une figure patriarcale entourée de plus de quatre-vingts petits-enfants. Il avait exploité la gomme à mâcher, planté de l'agave, construit l'aéroport et assuré la renommée du rhum Holcatzín. C'était un digne représentant de la famille : jamais étranger aux choses du village, discourant avec l'obscure honorabilité que lui avait conférée le respect des habitants de Zitilchén. En le voyant, Baqueiro se remémora les différentes activités de la famille : scieurs de long, apiculteurs, cultivateurs de gomme, de sisal, de canne à sucre, commerçants oscillant entre la pauvreté et la richesse, assumant les coups du sort qui semblaient être inhérents au lignage : la douce saveur de la fortune altérée par la faillite ou la banqueroute ; les excès d'une jeunesse dissolue qui se soldaient irrémédiablement par un dernier sursaut du désir charnel difficile à surmonter avec un corps cassé, décrépit et désarmé ; le passage à la sénilité frisant la folie ou la paralysie et débouchant à l'occasion sur le suicide.

Baqueiro, qui dans sa jeunesse avait la réputation d'un coureur de jupons, se rappela que dans un premier temps les rapports avec don Leandro avaient été tendus. Quand il avait demandé Clara en mariage, don Leandro avait réagi avec méfiance : *Indalecio, si tu crois que tu vas te moquer de Clara comme tu t'es moqué d'autres femmes, tu te trompes.*

— Don Leandro, on m'a dit que vous étiez malade. Qu'est-ce qui vous arrive.

— Je suis foutu, Indalecio, foutu.

— Qu'est-ce que vous avez.

— Je me détraque de partout. Mais c'est l'âge. La vieillesse. Il ne me reste plus qu'à attendre.

En entendant ces mots, Baqueiro sent la présence d'un spectre étrange dans la chambre. Il détourne la conversation.

— Vous vendez la maison ?

— Exact. Je suis en contact avec une banque. La transaction est presque bouclée.

— Que va devenir le village ?

— Je ne sais pas, je ne sais pas, peut-être retourner entre les mains des Indiens à qui il a de tout temps appartenu et à qui nous autres devons tellement. Ce serait le mieux, mais tant de choses peuvent arriver.

— Et la famille ? Tout ce que nos ancêtres ont construit, au prix de tant d'efforts ? Tout cela va se perdre ? Quoi qu'on en dise, nous sommes une famille de vieille souche...

— Mais, Indalecio, le lignage des Indiens remonte à un passé bien plus ancien que celui de n'importe quelle famille créole. Mieux que nous, ce sont eux, sans avoir à se vanter d'une quelconque descendance, qui ont réellement donné vie à Zitilchén.

Baqueiro déambule entre l'école et l'église. Il voit les hommes chargés de dresser les estrades qui portent les madriers jusqu'à l'Hôtel de Ville et au loin, sur l'esplanade, un autre groupe d'ouvriers qui montent les gradins pour la corrida et le mât de Cocagne destiné aux jeux pour les enfants. Il se dirige vers le boulevard à la recherche d'intimité et de solitude : d'où lui vient cette étrange mélancolie ? Quelques années auparavant le village comptait encore plus de cinq mille habitants et Zitilchén s'était toujours distingué par son esprit industrieux ; à présent, il n'avait réussi qu'à augmenter le nombre de maisons de jeux. Les illustres bistrots, où des générations entières avaient bu de la bière et ce fameux tafia de Holcatzín à l'époque de la gomme et du sisal, étaient chaque jour plus déserts. La population baissait douloureusement. On ne comptait plus les hommes attendant un prétexte pour partir car le village avait montré, à maintes reprises, que malgré ses ressources – maïs, bois de teinture, sisal, gomme, bois, miel – il était destiné à disparaître. Comme tant d'autres villages, Zitilchén commençait à faire partie du passé, et assumait finalement le destin tragique et inexorable du Sud-Est.

Il contourne le boulevard. Il revient vers la petite place. Il voit la mercerie « La Nativité » où se trouve le central téléphonique. Il dépasse le cinéma et la gare routière. Il arrive à son point de départ : la maison de sa famille. En face, sur la route de Campeche, se trouve un autre bistrot célèbre, « La Comète », où il avait bu ses premiers verres. Peut-il être possible que tout cela doive disparaître ? Si seulement il y avait quelqu'un pour relater les famines qu'avaient dû subir ces villages avant le sisal ; si on dressait la chronique des guerres et de ce qu'ont dû supporter les Créoles et les Indiens pour ériger le village ; le récit des combats contre la nature, des hommes entre eux, contre le gouvernement ; les exploits et les injustices, les triomphes et les ignominies. De quoi laisser un témoignage sur un village à l'agonie. Écrire pour préserver, pour restituer, pour mettre en ordre. Qui sait, peut-être un des jeunes membres de la famille, un de ses neveux, s'imposerait-il la tâche de rédiger la chronique de Zitilchén. Le poète du village ne l'avait pas fait. Et à coup sûr il ne s'y risquerait plus. Peut-être ce garçon qui venait pendant ses vacances voir ses grands-parents ; celui qui avait eu l'occasion d'étudier et qui manifestait des ambitions d'écrivain. Ce serait bien qu'il ait l'idée d'écrire sur la terre de ses aînés. Baqueiro revient chez sa mère. Il prend un bouillon de poule, son mets favori, et se couche pour une sieste prolongée. Il se réveille guilleret, il a oublié le chagrin qui l'avait submergé pendant la matinée. Après avoir pris un bain, il s'assied sur le seuil de la maison pour converser avec des connaissances et des parents qui, prévenus de son arrivée, accourent pour le saluer.

Le lendemain, très tôt dans la matinée, la voix rêche de sa mère le réveille : un groupe d'hommes le cherche. Il s'agit de travailleurs chargés des installations pour les fêtes de fin d'année. Il se lève de mauvaise grâce, s'habille n'importe comment et sort les recevoir. Un des ouvriers qui travaillait aux préparatifs de la fête était tombé des gradins et s'était fiché un pieu dans la poitrine. Il y avait un médecin de la Sécurité sociale dans le village mais il s'était refusé à intervenir compte tenu de la gravité du cas. Baqueiro ordonne de faire entrer l'accidenté. Il donne des instructions pour qu'on l'installe dans une des chambres et il demande qu'on aille chercher l'autre médecin pour qu'il l'aide. Quand tout est prêt, Baqueiro examine le blessé soigneusement. Il est perplexe.

— C'est très grave, observe-t-il, sortez laissez-nous seuls, dit-il en se référant à l'autre médecin.

Consternés, les camarades du travailleur quittent la pièce. Ils attendent devant la maison, dans le parc, avec le spectre de la mort qui rôde parmi eux. On est au cœur d'un matin humide de décembre. L'air a cessé de vibrer et le froid s'insinue jusqu'aux os. Plus de deux heures s'écoulent. Finalement, le médecin de la Sécurité sociale sort devant le portail :

— Il est sauvé, dit-il en entendant le soupir de soulagement de ceux qui attendaient. Son état est délicat mais il semble qu'il survivra. Il faut l'emmener immédiatement à Campeche. L'un de vous peut entrer pour le voir.

L'homme qui fait office de contremaître, petit, cheveux blancs et tête typiquement triangulaire, s'avance pour accompagner le médecin jusqu'à la chambre où Baqueiro met la dernière main aux détails de son intervention. Le patient est allongé sur une table ordinaire recouverte de sacs de jute. Sur le sol gisent des cotons ensanglantés et une cuvette pleine d'eau rougeâtre. Le contremaître s'approche, chapeau à la main, timide, pour remercier Baqueiro.

Avant que le contremaître lui ait dit le moindre mot, Baqueiro l'aborde.

— D'où est cet homme ?

— Je ne sais pas, docteur. On l'a engagé hier à peine.

— Il n'est pas d'ici ?

— Non, monsieur.

— C'est ce que je craignais. Il y a un instant j'ai senti que la tête me démangeait bizarrement. Si je ne me trompe, c'était un pou blanc qui me piquait. Comme c'est curieux. Il n'y a jamais eu de pou blanc dans cette région. Tout semble indiquer que c'est la tête de cet homme qui me l'a repassé.

Très tôt le dimanche matin, Baqueiro est réveillé par le vacarme des fusées volantes qui célèbrent l'ouverture des fêtes. Les cloches de l'église carillonnent avec insistance. Un groupe est venu le chercher de très bonne heure et les festivités commencent : le matin, il assiste à une corrida sur l'esplanade ; à midi, un repas est organisé en son honneur à Santa Rita. L'après-midi, après la sieste, il assiste aux jeux autour du mât de Cocagne et à la procession autour du parc en portant la Vierge de l'Immaculée Conception sur son dos.

Le soir il va au bal. Il se rappelle les métisses vêtues de tenues brodées, avec leurs chaînes en filigrane terminées par des croix et des médaillons en or. Les Indiens impeccablement vêtus de blanc, chaussés de sandales et coiffés de panamas. Jadis les danses avaient lieu dans le théâtre du village, à présent transformé en cinéma. Il se rappelle Clara, notant sur son carnet les premières danses qu'ils feraient ensemble. Aujourd'hui le bal se tient dans l'Hôtel de Ville. On dirait que le charme des anciennes festivités s'est perdu. Plus personne ne se préoccupe de porter les vêtements traditionnels. La musique hachée ne favorise guère les évolutions de ces hommes et de ces femmes qui, dans leur ambiance naturelle, avaient si noble et si fringante allure. Baqueiro, qui préside la table d'honneur, au milieu des musiques et des danses, a l'impression d'assister à une mascarade comique et absurde.

Le lundi, le docteur Indalecio Baqueiro se réveille déprimé, fourbu, sans appétit. Il souffre d'une migraine atroce. Il avait passé tout son dimanche à boire. Le lundi soir, il est dans l'incapacité d'assister à nouveau au bal : il a de la fièvre. Les jours passent. Tant et si bien que peu de temps après avoir sauvé la vie d'un ouvrier inconnu et étranger, Baqueiro, affalé dans son hamac, frappé par le typhus, voit deux étrangers dans sa chambre. Il s'agit d'un vieillard qui enjoint un jeune inconnu de se rendre à Zitilchén. « Clara t'attend, dit le vieillard, on doit prendre le train à Hecelchacán. » Le jeune se tourne vers l'endroit où se trouve Baqueiro. Son visage est illuminé par un sentiment d'enthousiasme renouvelé, de courage, d'espoir. Ce jeune homme, c'est lui. L'autre, le vieillard, est ce spectre qui avait hanté Zitilchén au cours des derniers jours.

TABLES DES MATIÈRES

Mise en page :
COMPOTEXT
75010 Paris — Tél. : 01 47 30 69 31

Achevé d'imprimer
dans l'Union Européenne

Dépôt légal : septembre 2011